WINGS・NOVEL

椅子職人ヴィクトール＆杏の怪奇録①

欺けるダンテスカの恋

糸森 環

Tamaki ITOMORI

新書館ウィングス文庫

SHINSHOKAN

欺けるダンテスカの恋

椅子職人ヴィクトール＆杏の怪奇録①　目次

椅子職人ヴィクトール＆杏の怪奇録

登場人物紹介

小椋健司
おぐら・けんじ

椅子工房「柘倉」及び「TSUKURA」の工房長。霊感体質。

高田 杏
たかだ・あん

椅子工房「柘倉」及び「TSUKURA」の両店舗でバイトをする高校生。霊感体質。

島野雪路
しまの・ゆきじ

椅子工房「柘倉」及び「TSUKURA」の職人見習い。杏とは高校の同級生。霊感体質。

室井武史
むろい・たけし

椅子工房「柘倉（つくら）」及び「TSUKURA」の職人で、工房長の弟子。霊感体質。

ヴィクトール・類・エルウッド
ゔぃくとーる・るい・えるうっど

椅子工房「柘倉（つくら）」及び「TSUKURA」のオーナー兼職人。霊感がない。

イラストレーション◆冬臣

欺(あざむ)けるダンテスカの恋

1

「恋しない日なんてありえない」

　ヴィクトールは微笑をたたえて告げる。

「世の中には眠る時間がもったいないと思うほど魅力的な子がたくさん存在するじゃないか。色気があったり上品だったり洗練されていたり……想像するだけで、胸が躍ってたまらない気持ちになるよ。だからどうしたって目移りしてしまう。でも一番楽しいのは自分の手で原石を磨いて、眠っている魅力を最大限に引き出すことなんだけれどね」

　彼は女の子をとっかえひっかえして食い散らかす悪い男のような、節操のない言葉を恥ずかしげもなく口にする。

「今日はこの子に一目惚れ」

　ヴィクトールから今日の『恋人』を紹介してもらった杏は、微妙な表情を浮かべた。

「この美しさ、神がかってる。そう思わない？」

　熟した桃みたいに甘ったるい声でヴィクトールが言う。彼の指は愛おしげに『恋人』を撫でている。

が、彼がべた褒めする相手は美少女でも美少年でもなく、なんというか——。

(単なる古いパイプ椅子なんですが)

杏の目にはそうとしか見えない。誰の目にもそうとしか映らないだろう。

背もたれと座面はうっすらと色のついた透明なセルロース。装飾の類いは一切なく、優れたデザイン性があるわけでもない。座面に細かな傷が見られる、ごく普通の折りたたみパイプ椅子。どんなにがんばっても、それ以外の感想が出てこなかった。

パイプ椅子を見つめて恍惚となっているヴィクトールの様子をうかがいながら、杏は急いで言葉を探す。いったいどのあたりが神がかっているのかさっぱりわからないが、この貴公子然とした美しい変人と会話を続けるためには、なんとかペースを合わせなきゃいけない。

「……その椅子って、ヴィンテージ商品なんですか?」

無理やり質問をひねり出すと、ヴィクトールは、そんなこともわからないのか、という落胆と、よくぞ聞いてくれました、という喜びがまざった眼差しを杏に寄越した。

「そう。これ、プリアっていう。パイプ椅子の祖とも言える画期的な作品だ」

「へえ」

「考案者はジャンカルロ・ピレッティ。一九六〇年代に作られて、以来、パイプ椅子の一大ブームを巻き起こした。見てご覧、この折り畳んだときのスリムさ。横から見るときれいなIのラインになっているだろう。広げたままスタッキングもできるよ。フレームは銀色のアルミで……、ちょっと錆び付いてるか。まあでもこの程度の劣化はあって当然だな」

ヴィクトールはフレームの錆を指先でちょっとつついた。

「本当に無駄のない素晴らしい作りだろ。シンプルこそ正義ってやつ。機能性も構造もこの時点で完成されている。もちろんアルミ部分なんかは改良を重ねているから現在生産されている製品のほうが質はいいよ。でも今だってこの椅子は問題なく使用できるし、なにより、原型にしか存在しない輝きがある。オリジナリティというものは、いつの時代でも形のない宝石に変わるんだ」

「へ、へぇー」

「俺はどちらかといえば移動を想定していない木製のものが好きだけれど、プリアは使いやすさという部分を突き詰めて製作されている。この着眼点には心から敬服する。誰もが気づけそうで気づけないところっていうかね。本物のアイディアは何年経っても錆びない」

まあ確かにこういう椅子って普通の形のものよりは持ち運びしやすいよね、と杏はうなずく。会社や学校での利用に適していそうな作りだ。

「ここにあるプリアはオランダ在住の友人が送ってくれたんだ。同じタイプの椅子があと三脚あるよ。店にも展示予定」

三度目のへぇーを適当につぶやいたのち、好奇心を抑え切れず杏は尋ねた。

「で、価格のほうは？」

「…………」

ヴィクトールは蔑(さげす)みの目で杏を見つめると、税抜き二万五千円、と冷たく答えた。「俗物め」という心の声も聞こえる。……新しい椅子を見せられるたび懲(こ)りずに価格を尋ねて氷のような眼差しを向けられてしまうんだけれど、気になるものは気になるんだから仕方ない。

それにしても。リサイクルショップに行けば千円くらいで叩き売りされていそうななんの変(へん)哲(てつ)もないパイプ椅子が、二万超え。

（椅子の世界ってわけがわからない！）

杏はつくづく思う。

だが、もっと悩ましいのは、ヴィクトール・類(るい)・エルウッドというこの変な異国人の存在だ。外見は悪くない……どころか、すごくいい。淡い金髪に胡桃(くるみ)色の瞳、長身でノーブルな雰囲気(ふんいき)。年齢は、本人に直接確認したことはないけれどたぶん二十代半(なか)ば。家庭環境まではよくわからない。知り合ってまだ一ヵ月程度なのだ。

で、だったらどこを変だと思うのかというと——性格、いや、性癖(せいへき)というべきか。最初のうちはその端整な顔立ちに見惚(みと)れ、高価なクラシック家具に囲まれながら優雅に紅茶でも飲んでいそう、などと妙な想像を膨(ふく)らませたりして密(ひそ)かにときめいたわけだが、蓋(ふた)を開けてみればただの見た目詐欺(さぎ)。英語力なんて女子高生の杏よりひどい片言レベルな上、基本的に人嫌いだし怖がりだし方向音痴だしと、フォローに困るほど欠点ばかりが目立つ。

交友関係もわりと謎に満ちているかもしれない。各国に友人がいるようだが、日本人か、あるいは日本語を解する人がほとんどなんだとか。

極めつけは、生身の人間よりも椅子を愛しているというところ。

「椅子は、生きている。人の分身だ」と彼は真面目な顔をして言う。

そんな彼と杏の関係は、雇用主と従業員。

ヴィクトールは杏のバイト先である椅子工房のオーナーで、職人なのだ。

——杏がここで働き始めるきっかけになったのは、シンデレラの靴だった。

道端にガラスの靴ならぬ木の靴が転がっていたのだけれど、こういう場合はどうしたらいいんだろうか？

高田杏は、戸惑っていた。

日曜日。昼の十二時。不思議な靴を発見したのは、初夏の日差しが眩しくてなんとなく石畳に視線を落とした時だ。

といっても、その靴が『履物』じゃなく木製の飾り物だとわかるのはもう少しあとのことで。

赤に青に緑と、つま先側にステンドグラスを思わせるような美しい装飾が施されたエナメル製の黒いミュール。発見直後はそう思った。いかにも高そう。それがなぜかころりと片方だけ道の真ん中に転がっている。

誰かが歩行中に落とした？　そんなふうに思って周囲を見回すも、人気は皆無。

石畳の道の左右には小さな公園や小綺麗なアパートメントが並んでいる。繁華街から離れているせいなんだとしても、やけに静まり返っているように感じられる。

（誰の靴？　廃棄した物には見えない）

どうにも無視できない空気を感じて杏はその靴に近づいた。いつもだったら道に落ちている物に触ったりしない。が、この時はなぜか手を伸ばさずにはいられなかった。

持ち上げて、首をひねる。

「ちょっと重い……？」

それに固い。

ここで本物の靴じゃないと気づく。靴の形をした飾り物だ。でも材質がわからない。手触りはつるつるで陶器のよう。ただ、陶器と考えた場合は逆に、軽すぎる。

「螺鈿細工？　とは違う？」

ステンドグラスを連想させる装飾部分にはよく見ると細かなひびが入っている。ますます陶器めいて見えるが、それ独特の滑らかな冷たさを感じない。裏と内側は黒一色。一通り眺めて、これどうしようかと持て余す。

悩んだ末、なんとなく地面に置き、自分の足と大きさを比較する。

おお、ちょうどいいサイズかも。

――繰り返すが、いつもだったら靴だろうがなんだろうが道に落ちている物を拾ったり触ったりなんかしない。ましてや履いてみたいだなんて。

なのにこの時は少し試してみたいという誘惑に取り憑かれてしまった。そんな状態になった自分をおかしいとも思わずに。急に現実感が遠ざかって周囲の音が遮断されたかのようだった。

飲酒経験なんてないけれど、もしかしたらこういう感覚を酔っていると表現するのかもしれない。理性が千鳥足になってふわふわしている感じ。

さっと脱げるサンダルを履いていたことも、欲求の後押しになった気がする。

ちょっとだけ。つま先を入れるだけ。そのくらいなら――。

「あ、ぴったりだ」

右足にフィットしている。作りがきれいなことと、片足だけというところがなんだかシンデレラっぽい気がして、ときめく。本当に酔っぱらいみたいな馬鹿げた考えだ。でも、やっぱり違和感には気づけないままだった。このまま履いていたいという気持ちばかりが増していく。

――思い切って、歩いてみようとした時。

どん、と誰かに勢いよく背中を押されて、杏はよろめいた。

その衝撃のおかげと言っていいのか、酔っぱらいのようにふわふわしていた意識が正常に戻る。視界も一気に晴れた。

杏は目を見開いた。今なにが起きたのか――それを瞬時に理解する。すぐそばに、くすんだ青いワンピースを着ているウェーブヘアの女が立っている。顔はわからなかった。なぜならその女性は杏が視線を向けると同時にすばやく身を屈め、こちらを振り向くことなく駆け去ったのだ。

呆気に取られ、数秒、遠ざかる彼女の背中を見送る。なんだあれ、全力疾走しているような走り方じゃないのに、めっちゃ速い。

(どうして私を突き飛ばしたの？　……近づく気配も全然感じなかった)

疑問を抱いた時、女性の手になにか握られているのに気づく。青いものだ。

「……私のサンダル⁉」

自分の足元と女性を交互に見る。

ない。シンデレラの靴を履くために脱いだサンダルを、持っていかれた。彼女がさっき一瞬身を屈めたのは、杏のサンダルを盗むためだったのか。

「なんで⁉」

どんな嫌がらせなのか。とにかくサンダルを取り戻さなきゃ。そう思い、慌てて彼女を追おうとして、転びかける。しまった、右足はシンデレラの靴なんだった。この靴を履いたまま走るわけにはいかない。

乱暴にそれを脱いで手に持ち、今度こそ女性を追う。右は裸足、左はサンダルという間抜けな状態でだ。これでガラスの破片だったりゴミだったりを踏んでしまったら、本気で今日という日を恨む！

陸上選手並みに足の速い女性を追うのは一苦労だった。何度か道の角へ逃げられ、しばしば見失いそうになる。でもあきらめかけるたびに不思議と彼女の影を発見する。お寺の横の小道へ。写真館そばの細い坂道へ。右足の裏には、日差しを浴びてぬくもったアスファルトの感触。それを意識しながら走り続けた。

追いかけっこの末に辿り着いたのは、左右を銀杏の木に挟まれた黒い屋根のどっしりしたモダンな赤煉瓦倉庫。半アーチ形の入り口が間隔を置いて二つ並んでおり、その右側の上部には「柘倉」というロゴ、左側にはアルファベットで「TSUKURA」というロゴが飾られていた。

なんの店だろう。バーだろうか？　雑貨屋かもしれない。外観からではよくわからなかった。

杏は新学期が始まる少し前に、雪国の北西部に位置する自然豊かなこの港町に引っ越してきた。基幹産業は北洋漁業と林業で、町の中心部には大きな人工林がある。学校付近の道はさすがに覚えたが、移住して二ヵ月程度しか経っていないこともあり、まだ町全体の雰囲気を摑みきれていない。そこで杏は行動範囲を広げようと思い立ち、あちこち歩き回ることにした。平日は学校があるので、休みの日に。今日もそんな感じで散歩をしていた。

確かここらは、かつて外国人居留地だった場所のはず。対外貿易が盛んだった頃の名残が道の至るところにうかがえる。教会があったり洋風住宅があったり。海沿いに集中している煉瓦倉庫も当時の名残のひとつで、現在は観光客向けのショップなどに再利用されている。

ちなみに煉瓦倉庫は町内にも点在している。

視線の先にある柘倉という店は、市街地側に建てられたその煉瓦倉庫を利用しているのだ。

サンダルを持った女性は、その煉瓦倉庫の中――「TSUKURA」というロゴがあるほうに入っていった。杏も左側の足をなるべく地面につけないよう注意しながらひょこひょこと建物に近づく。

入り口の扉の脇には、スリムな猫足のデザインチェアが置かれている。背もたれ部分のモチーフは羽根ペンで、座面部分をインク瓶に見立てているようだった。不思議な形の椅子に気を取られたのは一瞬だけで、すぐに意識は入り口の扉に向かう。

杏は変な気分になった。扉は両開き式で、ぴたりと閉まっている。けれどさっきの女性は扉を開けていたようには見えなかった。すうっとすり抜けるようにして入っていかなかっただろうか。

そんなはずないか。気を取り直して扉を見やる。

ノブを摑み、手前に引っぱって開けようとした時、扉の向こうに人の気配を感じた。

声を上げる間もなく、店内側にいた誰かが勢いよく扉を押し開ける。反応が遅れて扉に顔をぶつけそうになり、杏は仰け反った。仰け反りすぎて倒れそうになったところを、内側から出てきたその人がすばやく腕を伸ばして支えてくれた。

「えっ」

ぎょっとする。てっきりさっきの女性かと思いきや、違った。

そこにいたのは白いシャツに黒エプロン姿の外国人の男だ。

リアルで頭が真っ白になるほどきれいな男を見たのははじめての経験だった。

(目がちかちかする……)

映画俳優がいきなり現れたみたい。彫りの深い顔だが野性的というよりは高貴なイメージ。少し癖のある金髪。目は明るい胡桃色で、硝子玉のように澄んでいるから本当に見えているのか疑いそうになる。というか、何者? ……ここの店員?

ギャルソンめいた恰好をしているから、ここはやっぱり外国人御用達のバーかカフェなのかもしれない。そんなどうでもいいことを考えて少し現実逃避する。

男は勝手に閉まりそうな扉を右手で押さえ、左手で杏の腰を引き寄せた。鼻がくっつきそうになるくらい顔を近づけてくる。そのせいで視界がぼやけ、杏はパニックに陥った。あ、嘘、嘘。なにこれ。どうなってるの。サンダル泥棒を追ったら貴公子みたいな美男が飛び出てくるとかどういうこと。

「つかまえた」と男は囁いた。

……え、日本語⁉　まずそこに驚く。顔立ちは外国人そのものなのに、唇から漏れるのは流暢な日本語。次に驚いたのは言葉の意味。「扉にぶつからなかった？　大丈夫？」って聞かれるならわかるけれど、「つかまえた」ってなに？

混乱する杏を見据えて、男は、にっこりした。

「頭のおかしい靴泥棒だよね、君」

「は……？」

頭のおかしい靴泥棒？

驚きの連続で頭が働かない。ぼやけた視界の中、笑みを作る男の唇に意識を向ける。

「外のデザインチェアに載せている装飾用の靴を盗んで、なぜか道に転がしておくっていう。そのまま持ち帰るならまだしも、こっちが落ちている靴を回収するたび同じことを繰り返すだろ。最初は子どもの嫌がらせかと思ったよ。店内に移動させても、いつの間にか盗み出すんだものな。あんまりしつこくやられるから、この数日は俺もムキになってさ。君をつかまえるためわざと外の展示に戻したんだ。で、いったいなにがしたいの？」

「は、はあっ？　ちょ、ちょっと待ってなんの話ですか⁉　っていうか靴を盗まれたのは私のほうなんですけど！」

「君の手にある物、なに？」

「手にある物って、そんなの靴に決まって——！」

杏は、はたと気づいた。自分の手が握っているのは、靴のようで靴じゃない靴。

「……違います、これは私の靴じゃなくて、盗んだわけでもなくて、道に落ちていたものです！」

というか男の顔が近い。そのせいで頭に血がのぼり、挙動不審になってしまう。

「それってうちの靴だよ。君が何度も盗んでいる靴」

男は笑みを絶やさないが、目が死んでいた。声音も明らかに冷たかった。

「さっきまで間違いなくそこのデザインチェアの上にあったんだ。君以外、誰もここには来てない」

淡々と言われ、顔から熱がすっと引く。パニックはおさまらないが、状況はしっかり把握できた。手にしている靴モドキはここのお店の展示物で、それを自分が盗んだと疑われている。

「今の状況、現行犯逮捕ってやつなんじゃない？」

「逮捕!? 誤解です、靴……サンダルを盗まれたのは私なんです！ たった今、青いサンダルを持った女性がこの店に入っていったでしょ!?」

あの女性に事情を説明してもらえば誤解は解ける。素直に白状してもらえるかはともかく！

「言い訳、苦しすぎるんじゃないかな。誰も入店なんかしていないけれど」

「そんな！ あなたが出てくる前に女の人が入ったじゃないですか！」

「店内には俺しかいません」

「嘘！」

「俺しかいません」

男は優雅な微笑を浮かべたままゆっくりと繰り返した。先ほどよりも目に光がない。

（これはまずいやつだ……）

嘘つきだと思われている。悪あがきをしているとも思われている。——履いてみたのは確かで、それについてなら謝罪する。でも泥棒扱いされてこのまま引き下がるわけにはいかなかった。本当に盗んではいないし、それに、絶対に見たのだ、女性が入っていくところを！

「自分の罪を認めたくない？　じゃあその目で確かめてみたら？」

男は杏の腰を抱えたまま一歩引いた。つまり店内に誘い込む形。男が扉から手を放したため、自分の背後でバタンと閉じる音が響く。

顔が近いだけじゃなくて、抱き合っているような体勢でもあったことに気づき、杏は慌てた。急いで離れようとしたが、逃がすまいというように男が杏の腕を摑む。半ば強引に店内に連れこまれることになった。

杏は目を瞠った。バーでも雑貨屋でもない。家具屋——というより、椅子屋だ。小さな椅子の美術館といった雰囲気の店。

「ほら、誰もいない」

男がぐいぐいと杏の腕を引っぱって、店内の中央へと進む。

「なんならバックルームも確かめる？」

杏は、返事をしなかった。男の強引さより店の様子に意識を奪われてしまう。真っ赤な革の椅子。背もたれの彫刻がレース模様のように複雑な椅子。ドレスを着たレディが座っていそうな、優美な寝椅子もある。奇抜なものから重厚なものまで、千差万別なフォルムの椅子が置かれている不思議な空間だった。

梁(はり)を露出(ろしゅつ)させた天井(てんじょう)からはコードの長さが異なるペンダントライトが何本も吊(つ)るされている。奥側の壁には内階段があり、その上部にメゾネットタイプのようなちょっとした吹き抜けのフロアが設(もう)けられている。中二階となるそのスペースにも椅子が置かれているのが見える。左側の壁には大型のどっしりとした木棚。洋書や飾り物が並べられている。右側の壁にはガラス窓のついたスモークオークの室内ドアがある。

杏がそこへ目をやった時、ガラス窓の向こうに人影がよぎった。一瞬で消えたため、見間違いの可能性もあった。視線につられたのか、男もそちらへ顔を向ける。

二人してドアのほうに気を取られた次の瞬間、スキップフロアの手すりの隙間からなにかが落下してきた。それがタンッと音を立てて木の床に落ちる。音楽のない店内だったのでその音はよく響いた。静寂を強調するような寒々しさを感じるほどに。

杏たちは無言で床の上の物を凝視(ぎょうし)した。うまい具合に、と言っていいのか、その物体は展示物の椅子にはぶつからず、杏たちの視界に入る位置に転がった。

見覚えのあるそれに杏は絶句する。先ほどの女性が持っていた杏の青いサンダルだ。

杏はスキップフロアの上と床のサンダルを交互に見た。男も、スキップフロアと、杏の右足と、床のサンダルを黙ったまま順番に見た。

そして最後に、二人は言葉なく見つめ合った。

――スキップフロアには誰もいない。なのにどうしてそこからこのサンダルが落ちてきた？

痛いくらいの沈黙。先に我に返ったのは杏だ。

「……この靴はお返ししますね。本当に盗んでませんから。道に落ちていたのを持ってきただけですから。それと……あの青いサンダルは差し上げます。じゃあ、私急ぎますので、これで」

差し上げますってなんだと自分でも思ったが、一秒でも早くこの店から離れたい。

（どう考えても怪奇現象じゃん！）

杏は実のところ――かなりの霊感体質だ。人より少しだけこの類いの不可解な現象に耐性があるけれど、だからといって怖さを感じないわけじゃない。お祓いなんかもできるわけじゃない。ちっとも望んでいないのに心霊現象にいつの間にか巻き込まれる、そういう不運な体質だった。

（さっきの女性は扉を開けずにここへ入った）

普通の人間にできることじゃない。

つまり幽霊だったってこと。背筋がぞくぞくする。引っ越してきて早々心霊現象に巻き込まれたようだ。

こういう時は、逃げるが勝ち。とにかく逃げる。それしかない。が——。

「君ふざけてるの？　この状況で俺を置いて出ていくっていうのか」

男は腕を離してくれなかった。顔から笑みが消えている。整った容貌だけに無表情になるとひどく作り物めいて見える。

「さっき店内に女性が入ったって言ったよね？」

「……私の気のせいでした、すみませんでした」

「どういう女性だった？　今も店内にいる？　君、なにか見えるんだろ。俺にはよくわからない気味の悪いものが見えるんだろ？」

「いえ全然見えませんし、誰もいないですし私無関係ですし」

帰らせてくださいと言いかけた瞬間、杏はひゅっと息を呑み、青ざめた。ありえるはずのない光景を目にしてしまったのだ。

サンダルのそばに置かれている飴色の椅子に、いつの間にか女性が座っている。腰を痛めるんじゃと思うほどの猫背で、頭が低い位置にあるため、顔はわからない。というより彼女を中心とした場所だけ、やけに薄暗い。片足には杏の青いサンダル。その足は青白く、透けていた。向こう側にある景色が見えている。

（人間じゃないよね！　もう絶対幽霊だよね、いきなり現れたし！）

まずい。すごくまずい。全身がざわざわして、粟立つ。

急に黙り込んだからか、男がいぶかしげに眉をひそめて杏の視線を追う。ひょっとしたら自分にしか見えていないかも、と思ったけれど、幽霊の位置で視線をとめた男の顔が見る見るうちに蒼白になる。しっかり見えているらしい。

杏は急いで考えた。やっぱり今すぐ店を出たほうがいい。うん、逃げる以外の選択肢なんてない。そう思って、男の手を引こうとした時。

「――お客様。そちらの椅子はクイーン・アン様式の作品となります」

「はっ？」と杏は男を仰いだ。いきなり、なに？

男は背筋を伸ばすと、女幽霊を見据えて無理やり笑みを作った。

「一七〇〇年代に在位していたイギリスのアン女王から名付けられた椅子です。グレートブリテン王国が成立した時代ですね。派手すぎず、武骨すぎない作り。実用性と優美さを兼ね備えていると思いませんか？　ええ、こちらは現在でも人気のある形なんですよ。脚はロココ時代を象徴するカブリオレ、いわゆる猫脚と呼ばれるものです。動物の脚を模しているわけですね。これはもともと山羊を意味するカブラからきている言葉です。そこから飛び跳ねるという意味……フランス語の〝cabrioler〟が使われました」

突然の解説に、唖然とする。

自分の腕を摑んでいる男の手には、やけに力がこもっている。どうやら混乱のあまり幽霊に接客し始めたらしい。

「背もたれは花瓶の形をイメージしております。見てください、この座った人間の背に沿うような絶妙な曲線。まるで天使のカーブです……優しさ、慈悲に溢れているでしょう？　眠る愛し子をそっと見守り支えるかのような。そうです、俺は断言する。背もたれには天使が宿る」

流暢すぎる日本語でなにを言ってるんだろう、この外国人。

杏はぽかんとしたが、彼の熱弁は終わらない。

「座面は奥側が狭く、前部分が広めになっています。アンティーク商品である以上多少の傷はご理解いただかねばなりませんが、それでも木製家具がもたらす重厚さは失われておりません。上質なウォルナット材を使用していますから、経年劣化による痛みが少ないのです。座面のカバーは当店と契約している張り職人の仕上げとなっています。もちろん混ぜ物ではない、確かな純綿を使用していますよ」

流れるような商品解説だったが、本当、正気の沙汰じゃなかった。

幽霊相手に椅子を売りつけようとしてどうするの。頭ではそうわかっているのに、たぶん自分も冷静じゃなかったんだと思う。杏もつられて、つい「おいくらですか？」と尋ねてしまった。するとと男は即答した。

「当店では六万円でお求めいただけます」

……たっかい！　というのが本音だった。椅子一脚に六万円！　それとも、アンティークチェアとしては安いほう？

「あぁ、新品をご希望でしたら、私たち職人が丹誠こめて仕上げた椅子もございます。こちらの『TSUKURA』のスペースではアンティーク、隣の『柘倉』では独自の椅子を販売していま す。あちらの、室内ドアから移動できますよ」

店名の読みは同じだけれど、自分たちが手がけたオリジナルチェアとアンティーク商品とで売り場をわけているらしい。購入者にわかりやすくっていう配慮(はいりょ)には、なるほどなぁとは思うけれど、それって今必要な情報じゃない。杏にとっても、たぶんこの……女幽霊にとっても。

(商魂逞(たくま)しいっていうより、椅子が好き好き大好き、っていう強く迸(ほとばし)る熱意を感じる)

幽霊はゆらゆらと立ち上がった。ひどい猫背のまま、ぎぎぎ、と頭のみが上がる。錆び付いたネジを無理やり回しているような不自然な動きに、杏は引きつった。

当然と言えば当然だろうが、男の椅子愛は幽霊にまったく通じていない。むしろ怨念(おんねん)とか冷ややかさとかを含んだ負の気配が増している。

杏の腕を摑んでいる男の手に、さらに力がこもった。痕(あと)がつきそうだと頭の片隅で思ったが、振りほどく気にはなれない。もしも彼が平気な態度を取っていたなら、杏のほうが逆に彼を命綱扱いしてしがみついていただろう。

ここまではっきりと幽霊を見るのは久しぶりだったから、こっちだって本気で怖い。

(絶対まずい、目があったらなにかが終わる!)

根拠はないがそう確信した。どうにかしてこの女幽霊を追い払わないと。塩をまけばいいんだろうか、でもそんなもの持参しているわけがない。

所持品はカーディガンのポケットに突っ込んでいるミニ財布だけ。それと、シンデレラのような靴。

自分の手にある例の靴を目にした瞬間、ふっと疑問がよぎった。そもそもこの女幽霊はなぜシンデレラの靴や杏のサンダルを奪おうとしたのか。

盗むことには一応成功しているんだから、それで満足して成仏してくれればいいのに、まだこの世に未練があるの？

それに、先ほどの男の話によると、この女幽霊、何度もシンデレラの靴を盗んでは道端に放置していたらしい。なぜそんな意味のない行為をしつこく繰り返したんだろう。

幽霊の足元に視線を向ける。片足に、杏のサンダル。反対側は裸足だ。背景が見えてしまうほど透けている状態であっても、彼女のつま先が泥で汚れているのがわかる。

あぁ裸足で散々走り回ったもんね――そう納得しかけて、杏は、はっとした。行き着いた答えはごくシンプルなものだ。というより、これ以外思いつかない。

「――よかったら、こちらのサンダルも差し上げますので受け取って！」

自分の足を包んでいたサンダルを勢いよく脱ぎ、女幽霊のほうへ投げつける。男がぎょっとしたように杏を見下ろした。

幽霊の足元に、すこんとサンダルが落ちる。

「……」

顔を上げかけていた幽霊が一度動きをとめた。しばらくの沈黙の後、がくがくとした不気味な動きでサンダルを履く。そう、狙い通り素直に履いてくれたのだ。

(私の行動、正解だった?)

ほっとした瞬間、幽霊が栗色の長い髪をゆらゆらと左右に揺らした。俯いたまま笑っている。声が聞こえたわけじゃないのに、高笑いしているのがなぜかわかった。

杏は全身を硬直させた。頭上から冷水をかけられたような、薄ら寒い心地になる。その冷たい水が背の中央を流れ、内股に落ちて膝頭の脇を滑り脛を伝って足の指の間に溜まったかのよう。足元にじわじわと水たまりが広がる。そんな錯覚。逃げたいのに逃げられない。

ふいに、こっちの意思を砕くかのように女幽霊の笑い声が激しくなった気がした。聞こえないはずのその声が、鼓膜をびりびりさせる。と同時に空気がぐんと凍える。耳鳴りも始まる。呼吸もままならない——。

おそらく男も杏と同じ状態になったんだろう。ぐっと息を詰めている。

——そして、唐突に幽霊が消えた。

白昼夢でも見ていたかのようだった。瞬きひとつで世界が切り替わったというべきか。水中に沈んだように薄暗くなっていた店内にも、柔らかな橙色の光が戻ってきている。

杏は深く息を吐いた。

(……助かったんだよね?)

店内を見回したが、どこにも不吉な気配はない。

よかった、と痺れた頭の片隅で考え、胸を撫で下ろす。今回の幽霊は、やばかった。ここまではっきりとした悪意を感じたのは本当に久しぶりだ。

あとから気づくことだが、より強い霊障があった時、杏は酔っぱらっているような状態に陥る場合がある。それに伴い思考も鈍くなる。時々意識が飛ぶことも。

思い返してみれば、道端でやけにシンデレラの靴を履きたくなったのもこれが理由なんじゃないだろうか。

「……どういうことだ?」

男が掠れた声でつぶやく。視線は、六万円の椅子に向けられている。なぜ女幽霊が去ったのかわからず、彼はまだ警戒を解けないでいるようだ。

説明しようと、杏は乾いた唇を舐めてから口を開いた。

「……ええと。たぶんあの人は、自分の足に合う靴をずっと探していたんだと思います」

「靴?」

「ほら、裸足だったから」

「裸足」

男は硬い口調で杏の言葉を繰り返す。

「でも、シンデレラの靴……お店に展示していたっていうこの靴、もともと履くために作られたものじゃないんですよね？　それで、足に合わないとか、固くて歩きにくいとかの理由で、盗むたびその辺に放置していたんじゃないかって」

男の視線が杏のほうに動いた。

「自分に合う靴を得られないから何度も盗んでいた。でもようやく歩きやすいサンダルを手に入れたんで、満足して消えたんじゃないかな」

とんだシンデレラだ。けれど理屈や常識が通じるなら、はじめから幽霊になんかなっていないだろう。

「ありえない――」

男が抑揚のない声で言った。血の気の引いている横顔がなんだか痛々しい。そんな彼の様子を密かにうかがいつつ、まあ、それはそうだよねと杏はぼんやり思う。こんな恐怖体験、素直には受けとめられないだろう。立ったまま夢でも見ていたと言うほうがまだ信じられる。

男が金色の髪を掻きむしり、顔を歪めて叫んだ。

「俺の作った靴が、君の安っぽいサンダルに負けたのか⁉　嘘だろ⁉」

「そっち⁉」

ズレた発言につられて叫び返したら、両肩を彼に摑まれた。またこの距離感。だから、近い。

顔が近いんです！

「この靴は売り物じゃないけど！　余った木材で作ったんだけど！　製作に一ヵ月かかってる！　だって卵殻細工だ。何度も漆を塗り乾かして、数ミリの卵の破片を丁寧に貼っていくんだ。貫乳みたいに見えるように！　手間と根気の結晶がこの靴なんだ。それがあのビニールサンダルに、負けた……？　耐えられない。理解が追いつかない」

「ちょっと失礼じゃないですか⁉」

「販売するなら、一万五千円。売る気はないけどそのくらいの値をつける」

「……そんなに」

自分のサンダルはデパートのセールで二千円。ブランドものでもないし、日常履き用だし、そんなもんだろう。

「俺のこと殺して。もう生きてる価値ない。死ぬ。死にたい。安物のサンダルに負ける俺なんてただの有機廃棄物でしかない」

「え、嘘っ、ええっ――待って倒れる、重い、私まで倒れるから、立って‼」

男の身体から力が抜けた。頽れそうになる身体をとっさに支えようとしたせいで抱きつくような体勢になり――。

こんな嬉しくない怪奇的出会いから、杏は柘倉の一員になったのだ。

（もともと、環境に慣れたらバイトを始めたいとは思っていたけれどさあ……！）

できれば女子向けのショップとか。かわいいお菓子屋とか。そういう普通の店で働きたかった。

けれど、人生を投げ捨てようとする変な外国人を宥める間に他の店員がやってきて——それがなんの運命の悪戯か島野雪路というクラスメイトの男子で、彼はここで起きた心霊現象を知ると、鬼気迫るというか縋るような勢いでバイトをしてみないかと杏を熱心にかき口説いた。

雪路の熱意に先に負けたのは杏じゃない。死にたがりの外国人のほうだ。彼の正体はヴィクトール・類・エルウッドっていうここのオーナー兼職人。ただの変人じゃなかった。

店番を募集していたこともあってか、ヴィクトールは杏の雇用をすんなり認めてくれた。

……なんだか死にたすぎてバイトのことなんかどうでもよさそうな、雑な採用だったけれども。

恐ろしいことに店で雇われている職人全員が霊感体質で、その類いのものを呼び集めやすいんだとか。

これまでに何度かバイトを雇ったそうだが、そのたびポルターガイストが起きて、誰も長続きしない。このままじゃ変な噂が広がって客も寄り付かなくなる。いずれは心霊スポットにされかねないと、職人たちはかなり真剣に悩んでいたらしい。

そこにひょっこりと現れたのが杏であり、はじめてこうした心霊騒ぎを解決した人間なのだという。解決って言ってもサンダルをあげただけだし、そんな大げさな……、と内心呆れはしたが、「君を手放したくない。自分たちの平和のためにも。あと、バイトの子が入ってくれたらその分、職人が店に詰めずにすむ。製作時間が確保できる」と真顔で雪路は言い切った。

要するに、彼の態度が切実すぎて誘いを断れなかったのだ。

……正直に言うなら、ちょっとだけ、ほんのちょっとだけ！　怖さよりも好奇心が勝った。幽霊との遭遇はともかくも——シンデレラの靴を拾ってその後に辿り着いたのは、小さな椅子の美術館、といった優雅で不思議な雰囲気の店。そこにつとめる高貴な容貌の異国の美男にも目を奪われた。こういう出会いって、なんだか特別のようでどきどきする。日常の中に非日常を見つけてしまったような感覚だ。

だからもう少し、その先を知りたくなってしまった。

そんななりゆきで週に三回、水曜と土日にバイトをすることが決まり、今日で働き始めて五回目。

杏は、脚立に乗ってペンダントライトの傘にハタキをかけながら溜息をついた。

仕事自体は嫌いじゃない。店番は基本的に自分一人だけれど、ちょっとした接客とレジ打ち、清掃程度なので難しくもないし。

制服は黒のシックなワンピースに、ローヒール。この恰好もクラシカルで好きだ。外の世界より時の流れが緩やかに感じられるような、店の落ち着いた空気も心地よい。

（本当、ポルターガイストさえなければ……）

いい職場なのだ。

いったん手をとめて、脚立の上からフロアを見下ろす。店内にはカトラリーや雑貨も少々置いているが、メインは高額な椅子。冷やかしや雑貨目的の相手なら杏でも対応できるが、アンティークチェアの購入を希望する客が来店した際は他の職人を呼ぶ必要がある。彼らは普段、港町の中央部を占める人工林の西側……住宅街から離れた静かな場所にあるプレハブの工房で作業をしているのだ。車で二分、自転車で五分の距離。

ヴィクトール以外の職人は皆、頻繁にこちらへ顔を出してくれるので、不安は感じない。

工房お抱えの職人はオーナーでもあるヴィクトールを入れて計四人。仕事内容によっては付き合いのある椅子張り屋、塗装屋にも声をかけるらしいけれど、そちらの職人は工房の者じゃない。「柘倉」は少人数で動かしている工房だ。しかも職人の一人は自分と同じ高校生。その雪路は中学卒業と同時に見習い職人として工房に入ったと聞いた。

（すごいなあ、同い年の男の子が二年も前から将来を見据えてがんばっている）

杏は脚立を下りてから、入り口扉を施錠した。

脚立を抱えて室内ドアから隣のフロアへ入る。さっきまで杏がいたのはアンティークチェアを置いている「TSUKURA」、そしてオリジナルチェア側の「柘倉」へと移動したのだ。それぞれの面積は小型のコンビニくらいだろうか。百平米あるかないかといったあたり。どちらにもスキップフロアとバックルームが設けられているためそこまで広くは感じない。天井は二階分の高さ。

「柘倉」側のフロアは、アンティークを扱う側とはまたがらっと印象が変わる。壁際に大型の棚がある点は同じだが、照明はもっと明るく、観葉植物も置いたりして、アットホームであたたかな雰囲気だ。内壁の煉瓦もベージュを基調とした色合いに変えられている。

今度はこちら側の入り口扉を開けておく。店番をする時は、必ず隣側の入り口扉を施錠する決まりがある。万が一の盗難防止のためだ。客が隣のフロアへ移りたい場合は、室内ドアを利用してもらう。

照明の傘の埃を払って、脚立とハタキをバックルーム内のロッカーにしまい、フロアに戻る。

次はスキップフロア下の、会計やお客様との話し合い、休憩などにも利用するカウンターまわりを片づけよう。

カウンターへ近づこうとして、杏は動きをとめた。自分以外の気配を感じたのだ。

振り向いて、五月の若葉を思わせるような萌黄色のショールを肩にかけた婦人が来店していることに気づく。年は六十半ばだろうか。ショールの下のセーターは暗めの緑色、それにクリーム色のパンツを合わせている。白髪まじりの髪はきれいにまとめられており、清潔な印象。上品な奥様という風情だ。

入り口扉には客の訪れを知らせるベルが取りつけられているが、どうやらその婦人は、杏がバックルームに入ったタイミングで来店したようだ。

婦人は楽しげに椅子をひとつひとつ確認していた。窓から注がれる春の日差しのような、柔らかくてあたたかい眼差しだった。

声をかけるのを忘れて、つかの間この優しい景色に見惚れる。自分の祖母も時々、大事に使っている手鏡やあかね櫛をそういうふわっとした目で見ている。二つとも杏が中学生の時に誕生日プレゼントとして渡したものだ。なんだか急にそのことが思い出された。

バイトを始めて間もない身だけれど、杏はちょっと嬉しくなって、知らずへらっと笑ってしまった。心の中で大きくうなずく。わかりますわかります、こっちのフロアにある椅子って全部オリジナルなんです。なんかね、いい感じで。お値段は高めだけれど!

婦人が今眺めているのは、一見、王道ど真ん中の木製ロッキングチェア。これも勝手に共感してしまう。そのチェア、実は私もバイト代を貯めて買おうと思っていたんです。ええと、なんだっけ。コインロッカー……じゃなくて、ボストンロッカー？　というタイプ。

（あとで目録を読み直そう）

前回のバイト時、目を通したはずなのに名称さえあやふやになっている。

どうしようかな、接客したほうがいい？　それとも早めに工房に連絡を入れておく？　もう少し様子を見ようか。判断に迷うところだ。訪れる客の九割は冷やかしだったりする。

職人には、無理な接客はしなくていいと言われている。客を急かさず、慌てさせず。そういうおおらかなスタンス。だから冷やかしも大歓迎。気に入った椅子を見つけて、欲しいなぁでも高いなぁ、としばらく悩んで、我慢できなくなったらまた来店してくださいねっていう感じ。

こういうオープンなところ、好きだ。客に優しい。

婦人はロッキングチェアを眺め終えると、木棚のそばに置かれているちょっと変わったデザインの椅子に歩み寄って「あら」という顔をした。

杏も、その椅子に視線を向け、「あ」と口の中でつぶやいた。

基本的にこちらのフロアにあるオリジナルチェアは展示用のサンプル品だ。座り心地や重さ、大きさなどを実際に確かめてもらう。その後にオーダーを受け、予算の相談をして製作に入る。在庫があるものはすぐに販売できるけれど、そうでない場合、受注してから客の手元に届くまで数ヵ月を要することもあるとか。

――でも、今彼女が眺めているのは、サンプルチェアじゃなくて、アンティークチェア。

しまった。あれは掃除後に隣のフロアへ移動させようと思っていた椅子だ。開店前に顔を合わせた雪路からそう指示されている。商品案内の文章はあとで持ってくるのでひとまず値札のみ、先につけておいてほしいとのことだった。

今日は土曜日なので、杏も雪路も朝から店に来ている。彼は開店直前に工房へ行ってしまったが。

アンティークチェアのほうにはサンプルがなく、展示品をそのまま販売している。だから「TSUKURA」側では価格をはっきりと提示しておく。高額商品だとわかれば客はみだりに触れようとしない。なにかあって弁償することになったら、という意識が働くかららしい。手垢や傷をつけてしまわないよう、杏も、高額のアンティークチェアを移動させる時には手袋をはめる。

婦人は嬉しそうにショールを外すと、そのアンティークチェアにゆったりと腰かけた。もちろん、試し座りを禁じているわけじゃないのでかまわない。

ふいに婦人と目が合った。思わずへらりと笑いかけると、彼女もはにかんだ。

自分よりずっと年上の、もしかすると祖母より上かもしれない大人の女性だったが、その優しい表情は無防備で、かわいらしかった。

親しみを感じる笑みにつられるようにして、婦人に近づき、いらっしゃいませと告げる。

「これ、素敵な椅子よねえ」

婦人は友人にでも話しかけるような気取らない口調で言った。あなたも座りなさい、というように近くに置かれているデザインチェアへ視線を向ける。彼女が示した椅子はサンプル用だったので、遠慮せず腰かける。この場面では誘いを断るほうが失礼にあたる。

「うちにもこれそっくりの古い椅子があったのよ」

「そうなんですか」

杏は相槌を打った。本音を言えば、ぐぐっと奥歯を噛みしめたい感じ。

あぁやっぱりすぐに工房へ連絡を入れておけばよかった！　そうしたらこの人を楽しませることができたのに。せっかく素敵だって褒めてもらえたのにどういう椅子なのか全然わからないせいで、話を広げられない。ただの学生バイトだろうと、お客様からすれば『店員』だ。商品を知っていて当然。知らないなら、ここにいる意味がない。

焦りが募る。でも婦人は杏のぎこちなさを気にする素振りも見せず、肘掛けの先端部分の丸みを両手で撫でている。

「ね、こちらに外国の方が働いていらっしゃるでしょ？」

婦人は恋する少女のようにはしゃいだ口調で言うと、杏を振り向いた。話題が椅子から職人へと移ったが、ほっとしていいのかどうか。

とりあえず「はい、当店のオーナーです」と返しておく。

「あの人、素敵ねえ」

「この椅子と同じくらいですか？」

冗談を返したら、婦人は乗ってくれた。「そうそう。きれいで、高そうよね」とうなずいている。杏もつい同意。

確かに見た目はとてもいい。文句なしに。でも、ここでたった五回しか働いていないけれど、彼はかなりの変人かもしれないと思っている。

（しゃべる時に目を合わせてくれないいんだよね）

初日の勢いはなんだったのかと思うくらいに人見知りされている。オーナーとしての責任を感じてか、三回目のバイトまでは渋々ながらも指導してくれたのだけれど、その後は工房のほうにひっこみ、こちらに顔を出そうとしない。

「本当にいいものってひと目でわかるわ。高い物と高そうな物の違いなんか、別に審美眼がなくったって見分けられるのよ。この椅子も私には手が出ないものだわね、きっと」

婦人が嘆息する。杏は返事に窮した。雪路から聞いている値段は、十五万円。

これを高いと見るか当然と見るかは人によるだろう。杏にとっては軽々しく触る気になれない価格だ。アンティークに「歴史」を見出すか、単なる「中古」と捉えるかでも価値の基準はきっと変わってくる。

「座って大丈夫だったかしら？」

心配そうな顔をして立ち上がろうとする婦人に、杏は慌てて声をかける。

「どうぞ気にせず、そのままで！」

「でも、買えないのよ？」

「私はここでバイトさせてもらっていますが、販売しているほとんどの椅子に手が届きません。がんばって、スツールなら買えるかなっていうくらいです。お店に来てくださるお客様の多くも、見て、座って、購入されずに帰られます。ですが、手が届かなくたって、いい椅子だったと満足していただけたら、それだけでその椅子の価値が上がるんじゃないかと思います」

婦人から、孫を見るような目を向けられる。杏は途端に恥ずかしくなった。

いいえ、だめですよね。いくら強引な接客は不要というポリシーであっても、仕事は仕事。買う気のないお客様の気持ちを「買いたい!」という方向にもっていかなきゃいけないわけで。押しつけにはならない範囲で購買欲を抱かせるのが店員の役目。でも物の価値をいまいちわかっていない女子高生が高価なアンティーク商品を訳知り顔で語るのも、なんだかな。

杏は内心項垂れる。正直なところ、職人たちからもそんな期待なんて微塵もされていないだろうということにはとっくに気づいているのだ。ポルターガイスト対策要員として雇われただけにすぎない。

「ねえ、あなた、ちょっと聞いてくれる?」

「なんでしょうか」

婦人が椅子から身を乗り出す。秘密めいた匂いを感じて、杏もつい身を寄せた。

「私ねえ、素敵な人を見るたび、恋しちゃうのよ」

わぁと杏は思わず片手で口を押さえ、声を上げた。恋しちゃうって。なにそれ、こっちまで胸が高鳴る。バイト中の恋バナほど燃えるものはない。

「背広がよく似合ってる人とかね、眉毛の形が整っている人とか、白目の部分が澄んでいる人とか、眼鏡のレンズが汚れていない人とか」

わりと細かなポイントを押さえているってところが、すごくいい。わかる。

「一日に十回、恋したこともあるのよ」

「情熱的！」

「でしょ」

恋する婦人は、ふふふと杏を真似て、口元を片手で覆う。

「恋をするたび、あら、そこって夫に似てるわって思うのよね」

杏は少し考えてから、踵をばたばたと鳴らしたくなった。

婦人の言いたいことがわかって、頬もゆるむ。あぁそういうこと。盛大な惚気ってことね。素敵な人を見るたび恋をする。だって夫みたいだから！　そういう意味。

そんなの素敵すぎて、想像せずにはいられないでしょ！

婦人の旦那さんは、背広がよく似合って、眉毛も整っていて、白目も澄んでいて、眼鏡のレンズをいつもきれいに拭いておく人なんだ。

「結婚されて、何年ですか？」

「そうねえ……、四十年以上になるわね」

そりゃ毎日何回も、恋をするわけだ。それだけ長い年月、夫を見つめている。色々な癖(くせ)や仕草を知っている。そういう、身近にいなければわからない些細(ささい)なひとつひとつを、別の人間を目にした時に思い出し、見惚れる。思い出がなければ、愛がなければ、できない。

「あなた、私がこんなにたくさん浮気をしていることは内緒にしてね」

婦人が茶目っ気のある表情を浮かべる。

「もちろんです、お客様の秘密はお守りします。……浮気って最高ですね！」

「あら、私ったら若いお嬢(じょう)さんに悪いことを教えてしまったみたいだわ」

女とは、いかなる時も悪い秘密に惹(ひ)かれるものなので、大丈夫。

微笑(ほほえ)む婦人を見つめて、杏は考える。彼女の家にもこのアンティークチェアとそっくりのものがあったという。きっと婦人はその椅子に座る旦那さんを毎日見つめてきたんだろう。

杏も、婦人になったつもりでその光景を想像してみる。優雅な作りの椅子に腰かける、眉毛の整った背広姿のダンディな男性。二十代、三十代、四十代と、椅子の色が深みを増すとともに、座る男性の顔にも年月が積み重なってゆく。絵になる。

想像の景色にうっとりしながら深く息を吸い込む。幸福な結婚ってこういうものなのかな。夫に恋する日々かぁ、私もいつか婦人のような恋をしたいな。そんな淡い夢を抱いた直後、アンティークチェアに座る背広の男性がなぜか淡い金髪のオーナーに変わり、杏は慌てて想像の景色を掻(か)き消(け)した。

3

しばらくして婦人が店を去ったあと、杏（あん）はフロア下のカウンターの引き出しから目録を取り出し、広げた。婦人が座っていた例のアンティークチェアの種類を調べようと思ったのだ。

あんなに素敵な話を聞かせてもらったのにこっちは正式な名称さえ知らずにいたんだもの。

それが悔しい。早く調べておけばよかったと後悔。

由来があるならそれも知っておきたいと思う。

(できるなら自分の手元に置きたい)

そんな希望を持ってしまうくらい興味がわいた。といっても、現実的には購入なんて無理だけれど。高校生に、十五万は高すぎる。

しかし広げた目録には、同じタイプの椅子が掲載されていなかった。

なんでだろう。店で取り扱（あつか）う椅子のタイプは目録を見ればわかるって聞いたのに——首をひねってから、そうだった、と気づく。こちら側のフロアに置いている目録にはオリジナルチェアの型番しか載せていないんだった。

目録を引き出しに戻し、再びアンティークチェアに近づく。

正面からだと、脚と肘掛け部分の形がアルファベットのXに見える。座面は軽くカーブしている。色はチョコレートみたいに濃い。背もたれには獅子の彫刻。座面には花と葉が彫り込まれていた。カバーやクッションは無し。肘掛けや脚にも細かな模様が刻まれていて、美しい。

この調子だと座面の裏にもなにか模様が彫り込まれているんじゃないだろうか。一度そう思ったら気になってたまらなくなる。どうせ誰も見ていないし、と杏は身を屈めた。

寝転ぶように頭を床に近づけ、座面の裏側を覗き込もうとした時、チリンとベルの音が響く。慌てて頭を上げ、そちらを振り向けば、入り口の扉から長身の外国人が入ってくるところだった。店のオーナー兼椅子職人のヴィクトールだ。

「あっ、お疲れ様です」

あたふたと立ち上がって挨拶するも、温度のない目でじろりと見つめられるだけ。

めったにこちら側へは来ないのに今日はどうしたんだろうか。そういぶかしむと同時に、彼の片手にある木箱に目がとまる。どうやら新しいカトラリーを持ってきたらしい。

ヴィクトールの視線がアンティークチェアのほうに一度動き、また杏に戻る。表情には出ていないが、なぜ杏が奇妙な体勢でいたのか不思議に思っているのかもしれない。

「す、すみません、すぐにこの椅子、隣のフロアへ移動させます」

杏は、まだ叱責されてもいないのにぺこぺこと頭を下げて言い訳した。

「今、なにを確かめようとしていた？」

彼は、杏のそばまで来ると、淡々とした声音で尋ねた。きれいな顔立ちの男が無表情だとやけに迫力がある。頭ひとつ分くらい身長差があるので、目の前に立たれるとなおさらだ。

「その椅子を見ていたんだろう？　なにかおかしなところでもあったか」

ヴィクトールが重ねて問う。

「いえ、大したことじゃなくて」

曖昧な表情を浮かべながら、ヴィクトールをそっと観察する。

今日はシャツにリボンタイを合わせたクラシカルな雰囲気の恰好。ところどころに白っぽいものが付着しているが、埃というより粉のような感じがする。

さらに近づいてきた彼から、ふわっと不思議な匂いが漂う。刺激臭とは違うけれど、ちょっとツンとするような癖のある深い匂いだ。

なんの香りかとっさにわからず考え込み、ややして、木の匂いだと気づく。

「俺、じろじろと顔を見られるのは好きじゃない」

不快と言いたげな厳しい口調で窘められ、ひやりとする。

「あ、すみません。……日本語、すごく上手でびっくりしちゃって」

これも言い訳だけれど、驚いたのは嘘じゃなかった。あきらかに外国人の容貌だというのに言葉のイントネーションは日本人そのものだ。それが強烈な違和感をもたらす。

「上手でなにが悪い？　これでも半分は日本人の血が流れてるし、十にも満たない頃から日本で生活してる。英語なんて学生の君より話せないよ。それより、なにを確かめようとしていたのかと尋ねたんだけど。大したことかどうかは俺が判断するんだよ」

杏は乾いた笑みを浮かべた。

よく自分を雇う気になったなと感心するくらいに態度が刺々（とげとげ）しい。でも杏だけが特別嫌われているわけじゃないことは知っている。ヴィクトールは他の職人に対しても毛を逆立（さかだ）てた野良猫みたいな警戒心たっぷりの態度を取るのだ。その一方で他人の反応は気になるといった、面倒で難しい性格をしている。

「この椅子って座面の裏にも模様があるのか、少し気になったんです」

単純な興味で確かめようとしていただけだ。変なところを見られて、恥ずかしさが募（つの）る。

が、彼に対しては効果抜群（ばつぐん）の答えだったらしい。冷え切っていた表情に、ぱあっとあかりがついたような感じになる。その極端な変化に杏は呆気（あっけ）に取られた。

「あるよ。ある。表と裏で同じ模様。それにこの椅子はね、左右でしっかりとシンメトリーになっている。背もたれの模様も肘掛け部分も」

「そうですかぁ……」

つい引いてしまうほど嬉しげな口調だ。きつくつり上がっていた目尻も下がっている。

せっかくなのでなんていう椅子か、聞いてみようか。

「この椅子の名前ってなんですか？」

「〝dantesca〟――ダンテスカだよ」

打てば響くような答え。

「ルネサンス期の椅子。といってもここにある椅子は百年前くらいに製作されたものだけれど、それでもかなり状態のいいものだよ。猫がつけたような引っかき傷やひび割れは、うちの職人がきれいに修理したしね」

ルネサンス。あぁ試験前に必死で覚えた時代ね、と杏は内心うなずいた。

歴史も数学も物理も、その大半が人生に必要とされない知識だろうになんでこんなに覚えなきゃいけないわけ、という八つ当たりじみた不満を学生なら誰しも一度は持ったことがあるはず。美大志望っていうならともかくも、ルネサンス情報なんてとくに、人生のいつ、どういう場面で役に立つのかさっぱり……と思っていたらまさかのここで。

ええとそれで、ルネサンス。

「十四世紀にイタリアから広がった文化的な運動のことですよね？　ギリシャやローマの文化を復興させようっていう」

「そう。ルネサンスを語るなら、イスラム、ギリシャ文化は外せない。細かな説明は省くが、それらの文化が古典芸術の再生に貢献する結果になった」

興が乗ってきたのか、ヴィクトールはエスコートするように杏の手を取った。片手には木箱を抱えたままで。

ふいの接触にどきっとしたことを必死で隠す。

(恰好いい……)

こういう洗練された仕草がひどく様になる容貌なのだ。

自分よりも白く、大きな手に、知らず知らず見惚れてしまう。長くてきれい——といいたいところだが、実際は指先が荒れていた。爪は短い。かさついた、清潔な指。しばらく見つめて納得する。そうか、この人も椅子職人だと聞いている。働く人の手なんだ。

「イタリア出身の有名な詩人といえば、ダンテだよね。哲学者でもあり政治家でもある。当然彼もルネサンス文化に大きな影響を与えた。彼が作った有名な叙事詩が、『神曲』。知ってる？」

「あ……習ったことあります。そういえば椅子と名前が似てますね」

ダンテの「神曲」。はっきり言って内容はまったくわからない。ただ、よく漫画やゲームとかの題材になっているということなら知っている。

「似てるもなにも。ダンテが愛用していた椅子だから、ダンテスカと名付けられたんだよ」

「えっ、本当ですか」

「本当だよ。なぜ疑うんだ？」

ヴィクトールが当たり前のように杏をダンテスカに座らせる。これがダンテの家にあった椅子そのものなわけじゃないとわかっていても、少しばかり緊張する。きっとなにかの由来があ

るんだろうなとは思ったけれど、まさかそんなにすごい椅子だったなんて。

杏は気づかれないよう息を吐き出す。萌黄色のショールをはおっていた婦人の言葉が脳裏に蘇る。本当にいいものってひと目でわかる、って。本当にそうだ。

「ダンテってすごい人なんですよね」

「まあ、すごい人っていうか……」

なにも知らないな、っていう呆れた表情をされた。

「幼少期が謎に包まれている人物だね。修道士であったという説もある。でも彼の人生で有名なエピソードといえば、生涯にわたる激しい恋だ」

ヴィクトールが目をきらきらさせ、座った杏の顔を覗き込む。

(この人、さっきまでは生きる屍みたいな雰囲気だったのに、椅子に関わる話になると途端に表情が華やぐ)

花開く、という言葉が似合いそうな、いきいきした表情だ。冷たい硝子玉の瞳に星が輝き始めたかのような感じ。

「ダンテが恋する相手を、ベアトリーチェという」

「大恋愛の末に結ばれたとか?」

彼が笑った。はじめて見る屈託のない笑顔だ。スマートに取り繕ったわけじゃないその表情を見て、あれれっというほどに自分の鼓動が激しくなる。気のせい——だと思いたい。

「いや、全然。一方的な妄執。今で言うなら、ストーカーに近いんじゃない？」

「ストーカー!?」

「交流なんてほぼゼロ。ダンテがひたすら恋していただけでむしろベアトリーチェは嫌がっていた。彼女は別の男と結婚したし、ダンテも妻を得た。それでも愛し続けたのは彼女だけだ」

「う、うーん」

すごい人、から、女の敵、という感覚に変わりそう。奥さんをもらっておきながら、他の女を想い続ける男なんて最低じゃない？

「ベアトリーチェが死去したのち、生涯彼女を讃えようとして『新生』や『神曲』を完成させたと言われている。『神曲』の中での彼女は、主人公を救う存在として描かれているよ」

「はああ!?」

芸術家ってぶっ飛んでいる。奥さんの立場ってなに？　悲しすぎる。

「それだけベアトリーチェを愛した。至るところに彼女のかけらを残そうとしたわけだ」

ヴィクトールの言葉に、杏は口を噤む。至るところに恋した人の存在を残す。

そこから何度も彼女の姿を見出そうとしたんだろうか。情熱を永遠のものにしたくて、とか？

素敵な人を見るたび夫のかけらを探して恋する婦人と、根本のところは同じなのかも。

「と言いつつも、ダンテは恋に現を抜かすだけの未熟な人間じゃない。政治家としての顔も持つ激しい男でもあった。当時のイタリア……フィレンツェでは教皇と皇帝の勢力戦争が繰り広げられている。ダンテは教皇側の党に所属している人間だ。これは単なる政権争いじゃなく宗教戦争でもある。だからこそ戦いは苛烈に苛烈を極めた。闘争に破れたのちのダンテは裁判にかけられ、故郷に戻ることがかなわなくなっている。この血腥い強烈な体験が、彼の芸術活動にも色濃い影を落としているんだよ——って、なんで立とうとするんだ。座っていていいよ。素晴らしい椅子だろう？」

寒気を覚えて立ち上がろうとしたら、やんわりと片手で肩を押さえられる。

「どう、座り心地？」

今の話のあとに、最高の座り心地と答える人は少ないと思う。でもこんなに期待たっぷりの顔をする人に、正直に言うのも気が引ける……。

（お客さん来てくれないかなあ！　お昼の時間帯は皆、飲食街のほうに行っちゃうか……）

「椅子は、人の歴史を飲み込んでいるんだ。その生まれと、生き方をね、仄かに浮き上がらせる」

——怖い！　そういう言い方がぞくぞくっとするんだって！

てっきり、人の中にあるどろどろした感情も受けとめている、血腥い歴史も……というような恐ろしい意味かと思ったのだけれど、違った。ヴィクトールは単に椅子の構造に触れたかったらしい。

「キューラルレッグスからもダンテの生まれがうかがえるんだよ」

「え？　なんですか？」

「このX脚のことをそう呼ぶ。古代では、こういうタイプの脚の椅子は身分のある人間が座っていた。ダンテも一応貴族の生まれだからね」

「へえ。そういえばこのX脚って、ちょっとワイングラスを連想させますよね」

イタリアってワインで有名だったっけ、という安易な連想でもある。

けれど、ヴィクトールは衝撃を受けたように目を見開いた。

次の瞬間、片手に抱えていた木箱をがしゃんと床に落とし、いきなり杏の身体を引っぱり上げるようにして両手を握る。ぶわっと七色のきらめきを周囲にまき散らしたような感じだ。

（何事!?）

杏は小さく驚きの声を漏らし、立ち上がった。

「君の感性、悪くない！　名前はなんだっけ？」

「ちょ、名前も覚えていなかった!?　た、高田(たかだ)杏です！」

話し方は完璧(かんぺき)に日本人なのに、リアクションは外国人並みだ。

「椅子は語るんだ、人の生、歴史を。高田杏が言った通り、ワイングラス、つまり杯(さかずき)。聖杯の意味が隠されているんだと俺も思うよ」

「え、え」

「というのもね、ダンテスカとよく似た形で、サボナローラという椅子がある。こちらは修道士の名前からつけられている。どちらも非常に宗教色の強い椅子ってわけだ。ところで聖杯と切っても切れないのはテンプル騎士団、十字軍なわけだけど。ダンテの祖先も十字軍とともに戦っているんだよ。背もたれのモチーフには花の他に獅子もよく使われているけれど、これも獅子心王を示しているんじゃないかって――」

手を握り合ったままなぜか十字軍から「三銃士」にまで話が飛び、最後は日本に戻って埴輪椅子のあれこれに着地した。

（もう本当、どういうこと⁉）

人生にどれほど必要になるかわからない無駄な知識を詰め込まれ、杏はくらくらした。一時間以上はたっぷり語られたんじゃないだろうか。

それが、ようやく救世主たるお客様が来店した瞬間、ヴィクトールは我に返り、「一ヵ月分はしゃべった……。どうしよう、顎が疲れて、死にたい気分」と青ざめた表情で口元を押さえる。薄情にも、唖然とする杏を放置してそのまま去っていく。振り返りもせずに。こちらは嵐にもみくちゃにされた気分なのに。

激しく混乱しながらも床に散らばったカトラリーを拾い集め、客の夫婦に「いらっしゃいませ」と声をかける。少し様子を見て、なんとなく店を覗きに来ただけみたいだと察し、さり気なくカウンターのほうへ下がる。カトラリーを入れた木箱はそこに置く。

（どうなってるの、あの人！）

さっきのヴィクトールを思い出し、杏は胸の中で叫ぶ。もう何回だって叫びたい。鼓動が全然大人しくなってくれない。

深く息を吐いた時、一通り店内を確認した夫婦客が出ていく素振りを見せた。女性のほうがサンプルチェアのひとつに惹かれる表情を浮かべていたので、彼らが帰る前に「よろしければどうぞ」と客用のチラシを差し出す。もしかしたらまた来てくれるかもしれない。

期待できそうだと胸を弾ませてカウンターに戻れば、木箱の中のカトラリーに視線が吸い寄せられ、またも鼓動が大きく跳ねた。

値札の指示をされなかったので、おそらくこのカトラリーは木棚に置く展示品なんだろう。売り物にするつもりだったらこんなに雑な扱いはしないはず……というより彼はこれを持ってきたことすらとっくに忘れていそうだ。

木箱の中にあるユーモラスなフォルムのフォークを手に取り、しげしげと見つめる。頭でっかちなチューリップのような形だ。漆も塗られていないせいか、木そのままの香りがふわっと漂う。ヴィクトールから感じた匂いと同じで、それに気づいて今度は顔まで熱くなってきた。

(なんでこんなに動揺しているの、私！)

木箱にフォークを戻し、気持ちが落ち着くまで待ってからダンテスカに近づいてしゃがみ込む。

「たかが椅子、されど椅子」

なんて、恰好つけてつぶやいてしまったが、アンティーク商品に対しての考えが少しだけ改まったのも事実で。

百年前に製作された椅子が異国からはるばると海を渡って日本に到着し、小さな港町にひっそりと存在するこの店に展示されている。それってなんだかすごいことのように思える。

(たくさん旅をしてきた椅子なんだなあ)

いったい何人が座ってきたんだろう。百や二百じゃきかないよね。どんな生まれの人たちで、どんな時に座った？　想像すると楽しい。

たとえば。ゆったり座って珈琲(コーヒー)を飲んだり、紅茶を飲んだり、読書したり。うたた寝した人なんかもいるだろう、なにかにむしゃくしゃしながら乱暴に座った人だっているかもしれない。泣いていた人もいるだろうか。

過去の持ち主の様々なシーンに思いを巡らせていたら、チリンと入り口扉のベルが鳴った。杏は急いで立ち上がった。

入ってきたのは「柘倉(つくら)」の職人でありクラスメイトでもある島野雪路(しまのゆきじ)だ。黒いつなぎの作業服を着ていることもあって、学校にいる時より大人びて見える。もともと雪路は大人っぽい顔つきをしているんだけれども。……いや、大人びているというか、冷たい印象というか。

なぜか「柘倉」の職人たちって揃(そろ)いも揃って人相が悪すぎる。

雪路もその例に漏れず、クールにクールを重ねたような腹黒さ満点の顔立ちなのだ。それが災いしてか、教室でもなんとなく皆に怖がられている気がする。杏だってこのバイトを通して知り合うことがなければ、自分から彼に話しかけようだなんて思いもしなかっただろう。

雪路はこちらに近づくと、ぎこちなく微笑みかけてきた。

「今日はまだ怪異なし？」

「ないみたいだよ」

杏の返事に、彼は、はああっと深く息を吐く。

安心し切った表情に、少し笑ってしまう。杏が店番の日は、職人がこうしてよく見回りに来てくれるのだけれど、怪異チェックの意味合いがかなりの確率を占めていると思う。

「あー……ありがたい。高田さんがバイト入る日って、怪異起きないんだよね。扉のガラスに人影が映ることも誰かの足音が真後ろから響くこともない……もう気のせいですませられるレベルじゃなかったからね！」

「……苦労しているんだなあ」

「してるしてる。本当、バイト辞めないで」

雪路は杏の両肩に手を置くと、切なげにつぶやいた。

距離の近さに杏は一瞬息を止める。

（ここの人たちってなんでこうもスキンシップが激しいの！）

ヴィクトールを筆頭に、雪路も邪気なく距離を詰めてくるのだ。

意識していると気づかれるのはなんだか恥ずかしい。

杏はしまりのない笑みを浮かべてごまかした。

「やっぱり女の子が一人店に入るだけでも全然空気が違うよな。顔がヤクザみたいとか熊男みたいとか冷血漢っぽいとか言われてお客さんに怯（おび）えられずにすむしさあ」

「すごい言われようだね……」

「俺たちが店番をしていた時、目も合わせずに帰っていくお客さんがどれほどいたことか」

杏は笑いそうになるのをこらえて、神妙にうなずく。

ちなみに熊男みたいなのが工房長で、ヤクザみたいなのがそのお弟子さん、そして冷血漢に見えるのが雪路。今、本人もそう見られている自覚があると知った。

（全員、親切で優しいのに、顔がどこまでも裏切る……）

おまけに、怖がりなのに霊感体質で、霊を呼び寄せやすいという不幸なオプション付きだ。

バイトの勧誘もなりふりかまっていられないという様子だった。

「でもヴィクトールさんが普段から店番をすれば、お客さん増えそうなのに」

バイトをするようになって以来ぼんやりと思い続けていたことを口にすると、雪路は杏の肩から手を放して苦笑いを見せた。

「あぁ、無理。性格的に」

なるほどわかる、と素直に納得しそうになったが、それはさすがに失礼な反応だ。杏は視線を泳がせた。

「ヴィクトールは椅子の話なら嬉々として披露してくれるんだよ。だから本気で購入意思のあるお客さんが相手の時は問題ないんだけれど。基本、彼は人間が嫌いでさ」

「うん、そんな気はしてた」

「最初は俺たちに店番を任せると客が逃げるからってがんばってくれたんだよな。あの容姿で愛想良く振る舞ったんで、かなりお客さんがつれた。売れに売れたよなあ、アンティークもオリジナルも。でも七日目で崩壊が訪れた」

雪路は遠くを見るような目をした。

「崩壊って、どういう？」

「工房に置いてあるお気に入りの椅子から下りられなくなった。無表情で『人類が嫌いです』って言われたらさ、もう……。あと、かなりの方向音痴で、工房から店までの短い距離であっても時々迷子になる。あの人に貴重な物を持たせて歩かせたくない……」

「あ、うん……それでバイトを雇おうとしたんだ？」

「全員、すぐに逃げられたけどな」

この話は続けないほうがいい、と杏は察した。いつからヴィクトールは店を開いているんだろうとか、オーナーの彼相手にも気安くてアットホームな雰囲気だけれどどういう経緯で職人たちが集まったんだろうとか、知りたいことは色々ある。が、好奇心丸出しで根掘り葉掘り尋ねるのはなんだかいやらしい。そのうち自然とわかるだろう。

でもこれだけは、自分にも関わってくることなのでぜひ聞いておきたい。

「お店、お祓いしてもらったらどうかな？」

その質問に、雪路はいい笑顔を見せた。諦め切った悟りの笑顔とも言う。

「もうさ、何度も近所のお坊さんに頼んで店を見てもらったことがあるんだ」

「結果は」

「無駄だったよ。立地の問題じゃないってはっきり否定されたね。おもしろいほど霊が集まりやすい魂を皆さんお持ちのようだ、って言われたよね。なんだろうな、おもしろいほどって。あ、ちなみにこのつなぎのポケットにお守りを三つ入れているから。常備してるから。でも時々行方不明になるんだよな。一分前まで確かにポケットにあったのに」

「……ヴィクトールさんも、その……」

「ヴィクトールはもともと、霊の存在自体を信じてなかったんだよ。……俺たちのせいでじわじわとその常識が侵食されているようだけれど」

「侵食って言い方」

「霊感ゼロだったのに少しずつ怪奇現象を味わうようになって、それを気のせいとか心の疲れのせいとかって必死にごまかそうとしているところ。無駄な抵抗だよね」

うわあ、としか返事のしようがない。

「だからこんな俺たちに怯えず、普通に接してくれる高田さんを本気で失いたくない。全員そう思っている」

どうしよう、こんなに嬉しくない求められ方は、なかなか体験できるものじゃない。

このままバイトを続けて大丈夫だろうか？　そんな淡い不安まで胸に芽生えたが、自分だって子どもの頃からポルターガイストにたびたび悩まされてきている。別にオカルト好きってわけでもないのにだ。他人には気軽に明かせない悩みでもある。

さっきの言葉もわりと胸に痛い。気のせい、心の疲れ。ヴィクトールじゃないけれど、心霊現象に縁のない大半の人たちはそう一蹴（いっしゅう）する。もっと辛辣（しんらつ）に言うなら「他とは違う私という子どもじみた特別感に酔（よ）っているんじゃないか」などと笑われかねない。杏も一時期そうなんじゃないかと自分を疑った。でも結局、疑おうが信じようがおかまいなしにポルターガイストが起きて、悩むだけ馬鹿らしいと開き直るようになったのだけれど。

きっと雪路たちも同じだ。理解を得られて、なおかつ受け入れてくれる相手の存在は本当に貴重だし、できれば親しくしておきたい。必死になるのはよくわかる。

（今のところは平穏にすごせているけれど、近いうちにどっと怪異が大量発生したりして）

不吉な想像に背筋が冷えた。現実になったら困る。考えるの、やめよう。

「で、でも、雪路君はすごいよね。それでも負けずに夢を追いかけているっていうか、今からやりたいことがはっきりしているっていうか……」

会話の流れを変えるための、その場しのぎの言葉だったつもりなのに、自分でも思いがけないほど「羨ましい」という空気が滲んでしまった。それが雪路にもはっきり伝わったらしく、彼は目を丸くした。

焦るあまり、杏はさらに余計な発言を重ねてしまった。

「えっと、私なんか全然将来のことを考えてなくて。夢という夢もとくにないし……、自分でもなにが得意なのか、そういうのさえわかんなくてさ」

だんだんと尻窄みになる。

言葉にしたら自分の情けなさが浮き彫りになった気がして、心が軋む。

「いや、小学校の頃から雪路君ってなんか雰囲気が冷たくて怖いとクラスの子に言われ続けて、その心の傷を癒すために部屋にこもって物作りを始めた結果、椅子の製作にハマっただけだし。それに今の俺って単なるアシスタントで、待遇的には高田さんと同じバイトだよ」

ハマるきっかけが予想外に重かった……。

それでも杏を見つめる今の雪路の眼差しには暗さがない。

「別にいじめにあっていたわけじゃないし、ちゃんと仲良くしてくれる奴もいたからいいんだけどね」

「そうなんだ」

やっぱり羨ましいと思ってしまう。

自分の世界があるってじゅうぶん強みになるんじゃないだろうか。

話すうちに気恥ずかしくなったのか、それともあまり内面に深く踏み入ってほしくなかったのか、雪路は取り繕うような笑みを浮かべた。

悪いとわかっているが、その表情を見て杏は引きつった。造作は決して悪くないのになんでこうも悪人感が滲み出てしまうんだろう……。

本人的には優しい表情を作ったつもりなんだろうけれど、残念ながら冷笑にしか見えない。

「その椅子、いいだろ？　小椋さんが修理したんだ」

空気を変えようとしたんだろう、雪路がダンテスカに視線を移して自慢げに言う。小椋とは工房長のことだ。

「これって輸入品なんだよね？　雪路君も海外へ買い付けに行ったことがあるの？」

「工房では専属バイヤーを雇っていないよ。メインはオリジナルチェアの販売だからさ。ヴィンテージやアンティークチェアの大半はヴィクトール個人が所有していた物だ。たまに彼の友人から届く椅子もあるみたいだけどね」

「そうなの？」

自分の収集物を切り売りしている？

「このダンテスカに関していうなら、ヴィクトールの物じゃない。前の持ち主はうちの町の住人だよ。先月の頭に売りたいっていう相談があったみたい。いい椅子だったんで引き取った。持ち主の話によると、アンティークショップで購入したらしい。スペインからの輸入品なんだとか」

「椅子の買い取りもしているんだ？」

「ものによる。家具の修理も場合によっては受けつけているよ。小椋さんはもともとリペアスタッフとして家具メーカーに勤めていたんだ。そこを退社したあと岡山の工芸工房に身を寄せていたんだって」

「ふうん……」

じゃあ、工芸工房で修行後、「柘倉」に辿り着いたという感じか。

雪路がつなぎのポケットのひとつに指を入れ、折り畳んだ用紙を取り出した。それを杏に渡す。

「これ、椅子の詳細ね。お客さんいないうちに商品カードを作って、印刷しておいて」

「ごめん、値札カードもまだ準備していなかった。すぐ作るね」

「さぼっていたわけじゃないの知っているから焦らなくていいよ。さっきまでヴィクトールがこっち来てたんだろ？　椅子ってすぐに売れるようなものじゃないしさ。一脚も売れない日なんてザラにある」

悪人面で労りの言葉をかけられ、杏はなんとも言えない気持ちになった。

雪路の手を借りてそれなりの重量があるダンテスカを「TSUKURA」側のフロアへ移動させる。その後彼は、休憩時(きゅうけいじ)にまた来ると言って工房へ戻っていった。

杏は木箱のカトラリーを棚に見栄えよく並べると、さっそくカウンターのパソコンで文章を打ち込み、商品カードを印刷した。一点物の商品が多数を占めるのでこうしたカードは発注に回さずその都度作製するのだと聞いている。

少ししてぽつぽつと客が来店し、数点の小物が売れた。

客が去って一息ついたのち、ぐるりと店内を見回す。こちら側のフロアに展示される椅子は、どれも年月を経(へ)た物だけが持つ独特の重厚さを醸(かも)し出(だ)している。

ヴィクトリア時代から迷い込んできたかのような、華のあるゴシックデザイン、アールデコ風のチェア、優美な三脚のスツール。

額縁(がくぶち)のような形をした、輪状の背もたれの椅子もある。商品カードを確認すると、バルーンバックチェアと印字されてあった。このカードは杏が作ったものではない。

(あぁなるほど、背もたれ部分を、額縁じゃなくて風船にたとえたってことか)

他にも珍しかったり華やかだったりと、目を引く椅子がたくさんある。

それでも今一番気になるのは、やっぱりダンテスカで。

そっと背もたれの肩部分に触れる。

おかしなもので、高級品に囲まれると、自分まで価値ある人間になった気分を味わえる。この店が好きなのは、そういった密やかな喜びを得られるからでもあるんだろう。

（自分の価値が見えないから、余計に）

しんとした空気を意識する。窓を隠しているので、閉ざされた空間という印象が強い。幽霊騒ぎもあってバイト初日は一人で店番をするのが怖かったが、今はそうでもない。

でも音楽をかけていいか聞いてみようかな。さすがに静かすぎる。杏はそう思って目を瞑る。

胸を反らすようにして大きくゆっくり息を吸い込むと、歴史の匂いが胸に満ちた。

その匂いが微睡む寸前のような、あるいは酔いが回っているような、ゆるゆるとした感覚をもたらし――。

意識がくるんと一回転したようになって、突然途切れた。

――行かないで。

『どこにも行かないで』

『ここにいて』

『私が見つめていることを忘れないで』

誰かがそう囁いて杏の顔を覗き込んでいる。

べろっと頬を舐(な)め上(あ)げる舌の感触に背筋が寒くなる。

それから、ぽろんぽろんともの悲しげなピアノの音も聞こえてきた。

『行かないで』

『いつも見える場所にいて』

――そう懇願(こんがん)されても、と杏は困惑する。

『いつもいつも』

感情を押しこめた声が鼓膜に突き刺さる。

『離さない』


杏は、飛び起きた。

「!? えっ……」

愕然(がくぜん)とあたりを見回す。

クラシックな橙(だいだい)色の明かり。物言わぬ椅子たちが並ぶ静かな空間。

一瞬自分がどこにいるのかわからなくなり、混乱しそうになったが、すぐにここが「TSUKURA」内だと気づく。

(もしかして私、居眠りしていた？)

いつ眠ってしまったのかも記憶にない。しかも仕事中、商品であるダンテスカに座ってうたた寝するとは。

壁時計を確認すると、十三時をすぎたところ。

確か、最後の客が帰ったのがその七分前。店内を少し眺めていた記憶があるので、そのぶんを差し引くと眠ったのはせいぜい四、五分じゃないだろうか。

本当にいつの間に座って、うたた寝してしまったのか。愕然としたし、身震いもしてしまう。

杏は時々、唐突に眠ってしまうことがあった。今のところはそれが原因で取り返しのつかない失敗をしたこともなく、最長でもせいぜい十分程度だが、普通の眠り方とは違う自覚があるので気味が悪い。

おまけにこの不気味な居眠りをしてしまう直前、決まって酔いが回っているような状態になり、意識がほどけていく。酩酊（めいてい）しているような怪しい感覚に陥（おちい）る時は大抵、心霊現象が発生する時でもあるのだ。

思い返せば、「TSUKURA」を知るきっかけにもなった、木製のシンデレラ靴を拾った時もそうだったじゃないか。あの時は眠ってしまう状態にまではならなかったけれど。

手のひらが熱くなるほど忙しなく自分の両腕をさすりながら、戦々恐々と店内を見つめる。

とうとうポルターガイストが起きる？　それとももう起きたあととか？

しばらく警戒して店内の様子をうかがったが、とくになにも起こらない。

でも、耳の奥に『行かないで』という誰かの囁き声がこびりついている。男か女かはわからない。ピアノの音もしていた。

それだけでなく、頬に舐められた感触が残っている。

杏はぶるっと身を震わせると、乱暴に頬をこすった。

決して嫌いな仕事内容じゃない。オーナーのヴィクトールはともかく、雪路をはじめとした職人は顔こそ凶悪だが皆優しい。けれども。

(だめだこのバイト、長く続けられる自信がない……!)

職人全員、ポルターガイストを引き起こす人間なのだ。嫌な意味で住職のお墨付き。安全でいられるはずがなかった。

早く辞めて、この店のことは忘れたほうが身のため——。

だというのにその日のバイト帰り、本屋に寄ってダンテの「神曲」を思わず買ってしまった自分は本当、どうかしてる。

いつ辞めようかと悩むうちにバイト八回目、土曜日の午後。

「売れたんですか？　あのダンテスカ」

杏は少なからず衝撃を受けた。

「昨日の夕方、俺が店番をしていた時にですね、お客さんが来て。現金で購入されましたよ」

答えたのは、緩衝材代わりの厚地の布に包んだオリジナルチェアを工房から「柘倉」へ運びにきた職人の室井武史だ。

工房長のお弟子さんで、雪路曰く、ヤクザみたいな男。眼光鋭く、唇は薄く、きりりとオールバック。雪路と同じ黒いつなぎを着ている。その恰好のせいでますます迫力がある。百人くらい軽く海の底に沈めていそうな威圧感を持っているし、懐に拳銃か小刀をひそませていそうな物騒さも漂わせているのに、実際の性格は対極というほど違う。二十以上も年下の杏にも丁寧な優しい話し方をする。

余談だけれど、喫茶店を経営している年上の奥さんがいて、べた惚れしている……という情報は七回目のバイトの時に雪路から聞いた。

「即決でしたね。他の椅子には目もくれず、これにするって。運命の椅子だったんでしょうかね」

「運命かあ……」

杏は嘆息した。自分の運命じゃなかったってことだ。

「椅子との出会いも一期一会なところがありますから」

室井がはにかむ。

彼はとてもシャイでロマンチストなのだ。製作する椅子にもその心根が滲み出ている。

「柘倉」に持ってきた彼の椅子は肘掛けがなく小振りで、サイドチェアと呼ばれるタイプのものだ。定番商品にしているので、カウンターに置いている目録にも掲載されている。背もたれが一枚の葉の形をしていて、座面がコスモス。脚は一本で、茎を表している。小さな葉っぱがその脚から飛び出ているのが微笑ましい。使用木材はナチュラルな色合いのナラ。仕上げはオイル塗装。価格は三万円。見ていて心惹かれるほどかわいいが、手が出ない。

「こちらの梱包をお願いしますね。四時にお客様が引き取りにくる予定です。支払いは終わっているのでお渡しするだけで大丈夫ですよ」

「わかりました」

「メッセージカードも入れてください」

「はい。……そういえば、こちらのサンプルチェアってフロアからなくなっていますよね？」

「一昨日ね、展示品でもいいから購入したいっていうお客様がいたんですよ。お子さんへの誕生日プレゼントにしたいそうでね。ちょっと傷ありだったんで、割引しました」

「かわいいですもんね、室井さんの椅子」

杏はもう一度嘆息する。今度はうっとりと。何度見てもかわいい。

このコスモスチェアは「柘倉」でも人気商品だ。高校生が気軽に購入できる金額じゃないけれど、大人だったらきっと財布を開けられるんだろう。

「そう言ってもらえると嬉しいですよ。ヴィクトールさんが作るのはデザインよりも座り心地を厳しく追求した、美しく重厚な椅子です。俺は機能性も大事だけれど、眺めるだけでも楽しくなるような、どこかひねりのあるフォルムを愛しています」

室井がにやっと残忍に……じゃなくて、恥ずかしそうに微笑む。この凶悪なヤクザ顔からは想像できない繊細な感性だ。

「あぁ……、私もいつか買いたいなあ」

他にほしい椅子があるから、そのあとで。

「私、ここで働くようになってから、ずいぶん椅子好きになった気がします」

ははは、と室井が声を上げて笑う。

「あのね、杏ちゃん。お客さんってわりと冷静に店の人間を見ていますよ。自分の扱う商品を愛しているかどうかって、かなり大事なことです。ほしい、という気持ちを一歩分、引き寄せることができる」

大人ってすごいな。杏は感心する。

日常会話の中で愛という恥ずかしい言葉を軽やかに、でも軽い意味じゃなく使えてしまうのか。それとも室井が愛の伝道師だからなのか。

「それに、俺たちの椅子は木を使っています。木は生きている。ぬくもりがある。大事に扱えば十年も二十年も使っていけるんですよ。ぬくもりって愛おしいでしょう？」

「そっ、そうですね」

室井のロマンチック発言に照れてしまう。容貌とのギャップが激しい。

「俺の椅子も二十年後、三十年後と、誰かに愛される椅子になってくれたらいいですねえ」

「アンティークチェアになるくらい大切にされるって素敵ですね」

室井はコスモスチェアの背もたれ上部をぽんと優しく叩いてから、眉を上げて杏を見た。

「三十年なら、まだアンティーク家具にはならないですよ」

んん？　と杏は首を傾げた。

「大雑把に区分すると、三十年から百年未満のものがヴィンテージ、製作されて百年を超えたものがアンティークと呼ばれます。このあたりの事情はＷＴＯの関税法が絡んできますね。厳密に言えば、この定義が正しいわけじゃないんですが。どの時代にどういった様式で作られたかが重要になるんですよ」

「あ、そうですね。時代背景や価値がわかってないと、どんな商品でもアンティークやヴィンテージ扱いになってしまいますもんね」

「ええ。でも関税はねえ……、金銭が発生するんで、会社なんかの組織に属さない個人バイヤーにとっては重要な問題です。それとはまた別に、ものによってクラシックと呼ぶ時もありますよ」

へええ、と杏は感心した。古い家具の取り扱いにはこういった細かな規定が関わってくるんだ。

「では俺は工房に戻ります。……ああそうだ、もし俺のデザインチェアを本気で買いたい時は、個人的依頼ってことで安価で製作しますんで、いつでも言ってください」

「え、本当ですか?」

「もちろんです」

笑顔が怖い。その代わり店で発生する心霊現象をなんとかするように、という心の声が聞こえた気がする。

工房へ戻る室井を見送って数分後、「柘倉」に客がやってきた。ふわふわしたウェーブヘアをひとつにまとめている二十代後半の女性だ。目尻(めじり)がきゅっと上がっていて、活動的な雰囲気(ふんいき)。口の横に小さなほくろがある。恰好は、ネイビーのセーターに細いパンツ。小振りのショルダーバッグはシャーベットイエローだ。

女性は、すばやく店内を眺め回してからあきらめたように杏を見据えると、「あの、すみません」と強張った声で話しかけてきた。

「いらっしゃいませ。なにかお困りでしょうか」

にこやかに返しながらも杏は内心、苦い思いを嚙み締める。

(今絶対に、いかにも知識のなさそうなバイトの子しか店にいないのか、って落胆された)

実際、椅子に関する杏の知識なんてあってないようなものだ。なら、彼女が案じているような二度手間になる前に、職人を呼び出そうか。

見たところ、どうもこのお客様は単なる冷やかしじゃなく、なんらかのはっきりした目的をもって来店したように思えるのだ。

「私、先月あたりにこちらで古い椅子を買い取ってもらった松本という家の者なんですけれども」

「松本様ですか」

相槌を打ちながらも杏は視線と身振りでその女性をカウンターのほうへ案内した。彼女を椅子に座らせてから、杏もカウンター内へ回り込む。

「あ、これがその時の買い取り明細書です」

女性はショルダーバッグから折り畳んだＡ４サイズの用紙を取り出し、杏に渡した。

「はい、お預かりします。確認させていただきますね」

申込人の名を見て、杏は小首を傾げた。松本陽介と書かれている。男性名だ。

事情を問う前に、彼女が前髪を細い指先で横に流しながら話し始める。

「申込人は私の弟なんです。私は松本香苗と言います」

香苗は律儀に免許証を見せてきた。それをバッグに戻したのち、力のこもった目で杏を見つめる。

「すみませんが、弟が断りなく形見の家具を売ってしまったようで。手放す予定のものではなかったので、どうしても取り戻したいんです」

「形見ですか」

「祖父母が愛用していた椅子です。もちろん、代金はお支払いします」

さらに書類に目を通して、杏は表情を曇らせた。査定スタッフは室井で、商品名の欄には『ダンテスカ』という文字がある。あの椅子だ。既に人の手に渡っていることを伝えるべきか迷ったが、詳しい説明が必要になるかもしれない、と杏は思い直す。

「……担当した者を呼びますので、少々お待ちいただけますか?」

先ほどの室井との会話で、販売したのも彼だとわかっている。

「ええ、よろしくお願いします」

固い口調になってしまった杏の様子から、取り戻すのは難しい状況だと察したようだ。香苗の表情も強張っている。

カウンターの電話で工房に連絡を入れる。しかし、誰も出ない。

(困ったな……、室井さん、寄り道しているのかもしれない)

運悪く、雪路や工房長も外出中のようだ。オーナーのヴィクトールはどこにいるんだろう——こういった相談の対応ははじめてで、焦りばかりが募る。

スマホに連絡すればいいと気がついたのは、二回、工房に電話をかけたあとだ。

電話機の横のアドレス帳で室井の番号を調べた時、チリンと音を立てて入り口の扉が開かれた。現れた人物を見て、杏は自分でも思いがけないほどほっとした。淡い金髪に胡桃色の目を持つヴィクトール。いいタイミングで来てくれた。

何日かぶりに姿を見た気がする。あの、ダンテスカの講義を受けた日以来か。今日は工房で椅子作りに励んでいたのだろう、ブラウンの薄いニットに作業用のエプロンをかけている。

「オーナー、こちらのお客様が以前所有されていたアンティークチェアの件で、ご相談に」

目が合うと、ヴィクトールはあからさまに逃げたいという余裕のない顔をした。

これで対応にあたっているのが他の職人だったらあっさり見捨てていたに違いない。オーナーとしてあるまじき態度だが、そこは人類嫌いのヴィクトールだ。彼ならやりかねないし、たぶん常識に当てはめようとしても無駄。

でもここにいるのはまだまだ仕事に不慣れな杏なのだ。

さすがに無視できないと観念したらしい。彼はあきらめた様子でカウンターに近づいてきた。

振り向いた香苗が、ヴィクトールを見つめて一瞬惚けた。意識を奪われ、声をかけられない状態だ。

固まってしまう気持ちはよくわかる！　人類が嫌いで椅子を盲愛している変わった人だけれども、見た目はスクリーンの中にいそうな美男なのだ。

香苗は頬を染めたが、急にはっとし、困ったようにちらちらと杏をうかがった。その目の奥には焦りがある。これも、彼女がなにを心配しているのかすぐにわかった。

ヴィクトールは見るからに外国人。日本人って、海外の人を見るとすっと避けるところがある。主に言語の問題で。でも大丈夫、この人、私よりも英語が話せない。日本語でオッケー。

「どの椅子？　隣のフロアにあるやつ？　工房で修理中のもの？」

ヴィクトールが杏を見据えて、早口で問う。香苗のほうを極力見ないようにしているのがわかる。どこまでもオーナーらしくない人だと杏は脱力した。この人類嫌いめ。

「室井さんが査定したダンテスカです」

「あれか。先日売れたよ」

えっ!?　と大きな声を上げたのは、ヴィクトールの滑らかな日本語に驚いていた香苗だ。

「売れた？　祖母の形見、誰かに買われたんですか!?」

カウンターチェアから立ち上がる勢いで尋ねた香苗に、ヴィクトールがやや怖じ気づく。

「そんな……！　もう売れたなんて、早すぎませんか」

「倉庫で腐らせるために買い取ったわけではありません。希少性のある椅子は展開が早いんですよ」

　ヴィクトールは当然のように答える。気遣う素振りすら見せない。

（この人、本当に接客向きじゃないな……）

　もう少しオブラートに包んだほうが、と杏はハラハラした。といっても自分だってすぐには売れた事実を伝えようとしなかったので、彼を責める権利などないが。

「間違いであろうと椅子を手放してしまったのはこちらですし、文句なんて言えませんが――どうにか取り戻す方法はありませんか？」

「ありません」

　断言するヴィクトールに、杏も香苗も絶句する。

（そうだけど、正しいけれど、言い方ってものが！）

　表情をなくす杏を見て、自分の態度が褒められたものじゃないと多少は理解したようだ。彼はぎこちなく微笑を見せた。

「私どもも大変心苦しく思いますが既に商品にはリペア作業を行っており、ご購入者様からも代金をいただいています。……椅子を引き取ってからひと月以上もあったのに、なぜ今日まで放置されていたのですか？　本当に取り戻したいと思われていたのなら、もっと早い段階で私たちに連絡をすべきです」

「……椅子は実家に置いていたものなんです。近いうちに引き取る予定だったんですが、弟がまさか勝手に売るとは思わなくて。私は実家近くのマンションで一人暮らしをしていたので、気づくのが遅れました」

「ご事情には同情します」

「その、買われた方に連絡を取っていただくことはできません？　私の電話番号を渡してもらえるだけでいいんです」

「当店では、ご購入者様への商品引き渡し後は、お客様の都合による買い戻しなどのご希望にお応えすることができません。ご要望に添えず申し訳ございません」

「……祖母も祖父も他界したんです。二人の形見の品です。窓辺に置いたその椅子に腰かける祖母の姿が印象的で。本当に大切な椅子なんです」

「お力になれず残念です」

ヴィクトールの口調がどんどん硬くなってゆく。落胆する香苗を見れば、杏も罪悪感が増す。

「でも、もし相手の方がまた来店されるようでしたら、それとなくでもいいので私の事情を伝えていただけませんか？」

あきらめ切れないのだろう、香苗は食い下がった。

「お役に立てず申し訳ありません」

「本当に、ちらっと話をしてもらえるだけでもいいので、どうかお願いします」

香苗は何度も頼み込むと、肩を落としながら店を去っていった。

彼女の姿が見えなくなった途端、控えめな微笑を維持していたヴィクトールが表情を消し、疲れたようにカウンターに突っ伏す。

「どんなに頼まれても無理に決まってる。感情で片付く問題じゃないんだから」

ごもごもとつぶやいている。金の光で作られたようなつやのある髪を見下ろして、杏も溜息をつく。

「無理ですよねえ。購入したお客様に、間違って販売したんで返してくれだなんて言えないし……」

「これだから人類は嫌いだ。面倒臭いよ」

ヴィクトールの嘆きをばっちりと聞いてしまい、杏は顔が引きつった。ブレないな、この人嫌いっぷり。

でも客との対応や購入後のアフターサポートといった表面的な作業を面倒がっているのではなく、人の抱えている様々な思いに触れるのが煩わしい、というニュアンスに聞こえる。

「ヴィクトールさんって、椅子の歴史を知るのは好きなんですよね？」

あれだけ嬉々として由来を語ってくれていたんだし、そこは間違いないだろう。

「前に、椅子は人の生を語る……みたいなことを言ってましたよね。それって、人を好きってことと同じなんじゃ……？」

「誤解にもほどがある」

ヴィクトールは金髪を揺らしてがばっと顔を上げると、わずかに仰け反った杏を睨みつけた。

「椅子は、別れてもしつこくまとわりつく身勝手な元恋人みたいに押し付けがましくない」

「喩え方」

そんな話をしてましたっけ、と真面目に返そうか悩む。彼のペースにつられて、杏も思わず余計な考えを抱いてしまう。

（恋人、いたんだ）

交際相手がいてもおかしくない年齢だろうし、こういう目立つ容貌ならきっとその元恋人とやらにしつこく縋られて困ったこともあるんだろう。

そのあたりは納得できるんだけれども——自分でもよくわからないのだが、なんだかやけに胸がもやっとする。

難しい顔をする杏に気づかず、ヴィクトールがカウンターに頬杖をついてぼやく。

「基本、俺は動くものが嫌いだ」

「動くもの……」

「愛さえあればなにをしても許されるわけじゃない。こっちの都合を考えずに要求だけして、そのくせ俺の心は置き去りにする。そんな存在が嫌いだ」

迂闊に返事ができないような、物憂げな表情を見せられ、杏は困惑した。

これって友人でもない自分がこのまま聞いてもいいんだろうか。

思いの外深刻な会話になってない？　本人は無意識？

「つまり人類が嫌いだ」

そういう帰結ね……と杏は逆らわずにうなずいた。

「その点、椅子は動かない。うるさくもない。けれど家庭のみに留まらず様々な意味で生活の場にあり、人の一生を受けとめている。静かな傍観者だ。俺はそういった傍観者の声なき声、刻まれた歴史を垣間見る。それだけで十分だ」

杏はまたも返事に窮する。なんだか寂しい考えだ。え、眺めるだけでいいの？　と思ってしまう。それに最初はどちらかといえば恋人への愛について話していたように思えたけれど、本当は違って、もっと根源的な、家族愛に関わる内容だった？

家庭環境が複雑な人なんだろうか。でもたかが高校生バイトの自分がそのあたりの事情に深く突っ込むのもどうだろう。

(それこそ誠意のない人間ってやつじゃないかな)

この人は立場や年齢なんかはあまり気にしない感じがするけれど、それでもやっぱりためらわれる。

「にしても、他のアンティーク家具や装身具、建築物を選ばずに、どうして椅子なんですか？」

こうなったら話を変えようと思ったのに、むしろつっつくような問いかけをしてしまった。そうと気づいたのは、ヴィクトールの顔を見た直後のことだ。

「どうしてって……」

ヴィクトールの瞳が揺れて、狼狽（ろうばい）しているのがわかる。あ、あーっ、と杏は内心ひどく焦った。

「そんなの、ずっと座っていられるからじゃないか」

「あっ、えっと、そうですよね」

肯定（こうてい）したあとで、どういう意味？　と再び考え込んでしまう。そりゃ椅子って座るためのものだけど。そういうことを聞いたわけじゃなかったような。

先ほどの話に戻るが、彼は傍観者の立場を望んでいる。けれど彼は椅子を自作するのだ。その時点で傍観者ではないと思う。

（とすると結局は、誰かに自分を見てほしい、受け入れてほしい、って心のどこかで望んでいるんじゃないかなあ）

作り手としての当然の要求と言えばそれまでだけれども。

「ところで高田（たかだ）杏。言っておくことがある」

ヴィクトールが両手をカウンターの上につき、杏に顔を寄せた。急に厳しい声を出す。

「うちの店では、職場恋愛は禁止だから」

「――はっ⁉」

いきなりの牽制に思考が爆破されたような感じになって、言葉に詰まった。

それから、すうっと体温が下がって、けれど逆に首から上が熱くなる。

（職場恋愛って、なにを……）

混乱と同時にショックを受ける。自分でもまだはっきり見えていなかった曖昧な感情、どう転がるかも決まっていなかった未知の感情。その上に容赦なく墨でバツを書かれたも同然だ。

彼の言葉に胸の中心をざっくりと傷つけられたのだ。

「そういうのはやめてほしいんで」

「し、しないですよ‼　邪推やめてほしいです、私は別にそんな意味で見たりしてないし、一目惚れとかしないタイプだし！　顔で決めたりもしないし！」

「まあ、クラスも同じって聞いたから距離が近くなるのはわかるけれど。彼、本気で木工職人目指しているからね。高田杏と付き合って揉めるようなことになったら、ここに居づらくなるかもしれないだろ」

「か、彼……？」

クラス？

話が見えず唖然としたあとでじわじわと理解が追いつき、杏はその場にしゃがみ込みそうになった。

やられた！　という心境だ。間抜けな勘違いをしてしまった。させられたと言いたいところだが。

（この人は自分の話をしたんじゃなく、雪路君を心配して、変な気を起こすなと忠告してきたわけだ!!）

それはそれで死ぬほど恥ずかしい。が、今の言い方だと杏が今後も店で働き続けることを疑っていないようにも聞こえる。

つまり軽率な真似をしないか危ぶみつつも、一応は杏をお店の一員として認めている？

喜べばいいのか失礼だと怒ればいいのかわからず、またしても心をもみくちゃにされた気分になった。腹が立つことに、本人は無自覚。

「……私も人類が嫌いになりそうです」

目の前の、わけがわからない人類を見据えて杏はつぶやく。が、こっちは翻弄（ほんろう）されてあたふたしているというのにヴィクトールときたら。

「わかるよ。その気持ち、本当わかる。人類って面倒だし迷惑だ。俺、毎日そう思う。高田杏は話せる子だね」

……嬉しげに共感された。

「あ、高田杏も恋愛したくない派？　一人でいたい派？　それなら安心だ」

「……そうかもしれませんね」

「俺もだよ、気が合うな」

ヴィクトールが話すたびに自分の中の人類好感度が下がっていく。

その後ヴィクトールは一通りサンプルチェアの状態をチェックすると、備品整理などの雑用を杏に命じて工房へ戻っていった。一人店に取り残された杏は、ぐったりとカウンターに手をついて項垂れた。もういい、あの人については深く考えるだけ無駄に違いない。

松本香苗の件はどうしても円満な結果が想像できず、ちょっと胸が痛む。

が、これだって杏がいくら悩んだところで事態が好転するわけでもない。形見の品を取り戻したいという切実な思いは伝わってくるし同情もするが、既に椅子は他人の手に渡ってしまっている。それを返せと要求するのはさすがに非常識だ。店の信用問題にもつながる。こんな言い方はいやらしいが、どこでも買えるような商品ではないし、十万以上のお金が動いている。

（でも、聞いてみるだけなら……）

そういった未練のような考えをつい抱いてしまう。事情を話せば、もしかしたら購入者が快く椅子の返品に応じてくれる可能性があるんじゃないか。

「柘倉」でも会員カードを発行しており、顧客名簿が作成されている。

購入者全員がカードを作るわけじゃないが、アフターケア等のサービスのためにできる限り個人情報を記入してもらえるようお願いしているのだ。それを確認すれば、購入者の連絡先はたぶんわかる。搬送をこちらに頼んでいたら、間違いなく情報は残っている。

杏は雑用をこなしながら眉間に皺を寄せた。商品に不備がある、という類いのクレームならいつか自分のバイト中に出てくるだろうと覚悟もしていたのだけれど、このパターンは予想外。

（うーん、ヴィクトールさんにつられて本気で憂鬱になりそうだ）

頭を切り替えようと、杏は布巾を持って「TSUKURA」側のフロアに行く。メンテナンスなんてできないが、椅子に埃がつかないよう優しくからぶきをするのは杏の仕事だ。

ふと、クイーン・アン様式の椅子に目がとまる。ヴィクトールが女幽霊にすすめていた椅子だ。六万円。それとよく似たフォルムの椅子が横にあったが、こっちはなぜか三万円。倍も価格が違う。……確かに、六万のほうが上等なものに見える。値段を知らない状態でもそんなふうに思えただろうか？

そういえば、この間のポルターガイストについてまだ誰にも話していない。

行かないで、という言葉が今も耳の奥にこびりついている。

（……気のせい！　心の疲れのせい！）

恐れをごまかすため自分に言い聞かせただけだったが、実際、無視できない疲労感があることに気づく。椅子に座りたい。強くそう思ってしまう。だめだめ、と自分を戒めるそばから抗いがたい眠気を感じてしまい、杏は勢いよく首を横に振った。

その日以来、杏はたびたび怪奇現象に悩まされるようになった。

被害は感染する。とうとう雪路や他の職人までが『行かないで』という声やピアノの音を聞くようになったのだ。誰も後ろにいないはずなのに、皆、くいっと腕を引かれることもあった。足首付近を撫でられるような感触も。

少しずつエスカレートする不気味な現象に、職人たちは震え上がった。

「なに弱気になっている？　怪異撲滅のためにいるのが高田杏だろ？」

と、呆れたように言い放ったのは、今のところ唯一被害に遭っていないヴィクトールだ。

閉店直後の十八時三十五分。店内の点検に現れたヴィクトールに、盛り塩をしていいかと本気で相談を持ちかけ、返ってきたのがその言葉。

「というか盛り塩ってなに？」

「お皿に塩を三角形とか円錐にして乗せたもののことです。魔除けや厄除けの意味があるんですよ」

「へえ。でもそんなの別にいらないでしょ。高田杏がいるし」

「待って。なにかおかしい認識のような気がするんですけど。私のことなんだと思っているんですか」

「だって島野雪路が、君は店のお守りみたいな存在だと言っていた」

そうだった、自分が店に雇われた経緯がアレだったか。

「俺は怪異なんて全然信じていないよ。だいたいにおいて目の錯覚か、幻覚の類いだと思っている。精神的に参っている時とか、人間ってありもしないものを見てしまうよね。……までも、高田杏は以前、俺の前で幻を退治しただろ？　だから高田杏って幻覚症状を抑える精神安定剤みたいな分泌物でも出しているんじゃないの」

あんなにはっきり女幽霊を見たくせに、認めたくないらしい。

ヴィクトールの澄ました顔を眺めているうち、杏はむかっとしてきた。

「私の青いサンダル」

「なにも聞こえないよ、俺」

「二千円のサンダルが、一万以上の卵殻細工に勝った事件」

「聞こえないって言っているだろう！」

レジの中を確認していたヴィクトールが頬を紅潮させて悔しげに杏を見下ろした。色白だからこのレトロカラーのライトの下でも変化がわかりやすい。

「高田杏という人類が俺を追いつめる」

死にたいです、というようにヴィクトールの顔が暗くなる。

「すみませんでした！　もう追いつめないから死にたくならないでください」

雪路の話によるとヴィクトールは頻繁に不安定になる。製作工房に置いてあるお気に入りの椅子に何時間も座り続けるそうだ。時々、就業時間後も工房に残って、深夜までぼんやりしているのだとか。自傷行為などに走ることはないから放っておいても大丈夫らしいが、自分が彼を不安定にさせる原因になるのは、ちょっと。

「……そろそろ店を閉めるよ。帰る準備をして」

「はい」と杏はうなずき、バックルームで店の制服を脱ぐ。私服に着替えたのち、フロアに戻り、カウンターに寄りかかって待っていてくれたヴィクトールに近づく。

「……ヴィクトールさん、さっきの卵殻細工の話ですけど」

「追い討ちをかけるのか？　高田杏は俺に恨みでもあるのか」

引きつった顔をして睨みつけてくるヴィクトールに、杏は急いで両手を振る。

「違います、意地悪するつもりないですから！　……あの、お世辞じゃなくて本当に素敵でしたよ、卵殻細工の靴。すごく惹かれたんです」

ヴィクトールが探るような目をする。

「道に落ちているのを拾ったんですけど、履きたくなりました。というより、実際に履いてしまいました。シンデレラの靴みたいと思って、ときめきました」

言ってからわりと恥ずかしい発言をしてしまったと気づき、杏は意味なく髪を耳にかけて横を向いた。頬あたりにヴィクトールの視線を感じたが、そちらを向けない。

「あれは歩行用に作ったわけじゃない」

なんでここで辛辣な返事をするかな、この人は。

「……わかってますから。そういうことを言いたかったんじゃないですから」

面倒臭い性格の上に空気が読めない人だ。一周巡って笑いたくなってきた。

本当に少し笑ってしまったのかもしれない。この間抜けな会話のおかげで気持ちが落ち着いたのか、自然な態度でヴィクトールに向き直ることができた。杏がなぜ表情をゆるめたのか理解できないようで、ヴィクトールはいぶかしげにこちらをうかがっている。その警戒した反応にまた笑った時――。

ブンッ……と虫の羽の震えに似た音を立てて、店内のライトが一斉に消えた。

なにが起きたかわからず、杏はぽかんとした。唐突に訪れた暗闇の中で何度も瞬きをする。

「――て、停電でしょうか」

硬直していたのはたぶん数秒だ。すぐに我に返り、目の前にいるはずのヴィクトールに尋ねる。が、停電とは思えないとどこかで確信していた。

返事をしないヴィクトールに不安を覚え、杏は口を閉ざす。

時刻は十八時四十五分くらいだろうか。五月下旬ならこの時間でも外は真っ暗にならない。しかし「柘倉」には大きな窓がない。スキップフロアの壁に換気窓が設けられているが、そちらは日中も隠している。入り口の扉が唯一、光線の入る場所と言える。が、それにしたってこの暗さは。

闇を塗り潰したよう、という表現がなにより当てはまる。

空気がぬるく、重くも感じられて、息苦しい。肩にかけていたバッグの紐を強く握り締めた時、ぽろん、と水滴が転がるような弱々しいピアノの音が耳に届いた。

続いて、強い力で腕を摑まれ、杏は飛び上がりそうになった。悲鳴を上げかけたが、なんとかこらえる。

「だっ、誰!?」

「なにを言っている。俺に決まっているだろう」

「あ、そ、そうですよね、はい」

近くから聞こえたヴィクトールの声に、ほうっと息を吐く。

「出よう」

緊張し切った声で急かされた。

杏は闇の中で視線を巡らせる。隣にいるのに姿が見えない。そのくらい闇が深い。

「ついてきて」

返事をする間もなく腕を引かれて店を出る。

脱出を誰かに……見えない存在に妨害されるんじゃないかと恐れていたのだが、予想に反してすんなりと外へ出ることができた。恐怖の残滓が身体中にあったが、一方でなにも起きないことに拍子抜けしてもいた。

やっぱり停電ではなかったようだ。街灯に光がついている。

ヴィクトールは杏から手を放すと、いささか乱暴な動きで扉を閉め、施錠し、シャッターを下ろした。杏自身もすぐには恐怖を払拭できずにいたが、彼の余裕のない横顔を見て「大丈夫ですか」と声をかけずにはいられなかった。

ヴィクトールは身体ごとこちらに向き直ると、杏が再び声をかける前に両肩を摑んだ。杏と彼の靴の先がぶつかるくらいの距離になる。

「高田杏。俺の肩になにかついているか？　変なものが乗っていたりしないか？」

「は、はい？　肩？」

なにを聞きたいのかわからない。むしろ肩に手を乗せられているのは杏のほうだ。

ヴィクトールは大真面目な顔で杏を見下ろしている。

「店を出る直前まで、耳元で『行かないで』と囁かれ続けた。……高田杏が悪ふざけで言っていたわけではないいな？」

「違います」

とうとうヴィクトールも被害に遭ったということだ。

「高田杏。俺と買い物に行こう」

まさかこのタイミングでデートの誘いじゃないだろう。

「裏の駐車場に車がある」

黙っていたら、また手を引かれた。離すまいというように、指に力がこもっている。

ヴィクトールとともに向かった先は、ここから一番近いスーパーだ。

購入商品は、塩、だった。

結論として、どれだけ盛り塩をしても効果はなかった。

客が店内にいる時はなにも起こらないが、杏が一人になる時間を見計らっていたようにピアノの音が響く。工房にいる職人たちのほうも、杏と似た状況だった。

どうにかしてくれ、と雪路に泣きそうな顔で拝まれ、杏は解決の糸口を探すはめになった。

「――で、原因の発端はダンテスカにあると」

ずっと黙り込んでいたヴィクトールが重い口調で言った。

日曜日の午後。杏はヴィクトールが運転する車の助手席にいた。バイトの日だが、店へは行かず、彼と一緒に松本家を訪問する予定だった。なぜ彼の車に乗っているかというと、理由はもちろん、『行かないで』。

車は赤信号で一時停止。信号が変わり、動き出してから再びヴィクトールが口を開く。

「最初にあの声を聞いたのは高田杏なんだな？」

「はい。ダンテスカに座ってから聞こえるようになったんです。行かないでという声の他に、ピアノの音。それから、頬を、その、舐められるような感触もありました。足首を触れられたりも」

松本家を訪れるのはそのためだ。ダンテスカを売りたいという話を持ってきたのは松本陽介。買い戻したいと頼んできた松本香苗の弟である。

運転席のヴィクトールをバレないように見やる。……どうしてハンドルを握る男性って、より恰好よく見えるんだろうか？　ブルーグレーの服にパンツというごく普通の恰好だが、とにかく横顔が美しくて、見ずにはいられない。

（どんな女性と付き合ってきたのかなあ）

こんなふうに助手席に恋人を乗せたことだって当然あるんだろう。

つい想像して、胸が詰まった。

私には関係ないことじゃないの。杏はムキになって否定した。今日だってデート目的じゃないのだ。

怪奇現象の原因解明に動くのだから、杏だってパンツにスニーカーという動きやすい普段着スタイルを選んでいる。勝手に盛り上がっていると誤解されるのだけは避けたい。

他の職人を連れてこなかったのは、残念ながら顔が怖すぎて警戒されるため。これに尽きる。ヴィクトールだけだと相手を必要以上に緊張させる恐れがあるので、杏も同行することに決まった。——というのは建前で、たぶんお守り扱いだろう。いいけれど。

「でも、ちょっと気まずいですね。香苗さんの実家を訪問することになるなんて」

誤解されるかもしれないし、期待されるかもしれない。購入者と連絡を取ってくれるのかと。

顔をしかめる杏に、ヴィクトールが一瞬目を向ける。

「彼女は一人暮らしをしていると言っていた。だったら顔を合わせずにすむ可能性のほうがずっと高い。実家に遊びに来た、なんていうタイミングで訪問しない限り」

「それは避けたいです」

「椅子を売りに来た松本陽介には、既に連絡を入れて訪問許可を得ている。取引したお客様の反応をＨＰに掲載したい、という話を持ちかけた。それでダンテスカに関する情報を聞き出す」

「あ、なるほど。そういう相談だったら、椅子に絡めて色々質問してもおかしくなさそう」

考えたなあと杏は感心する。

「香苗さんの話では、形見の椅子でしたよね」

「……死んだという祖父母の話が中心になるだろうな」

さすがに今回は、幻覚だとは言わないか。

「ヴィクトールさん、今までもこんなふうに怪異の原因を探しに来たことってありますか？……私の前にも何人か、バイトを雇っていたんですよね」

想像はつくが、きっと若い女性だったんじゃないか。……少し心の目が曇りすぎているだろうか？

「原因探し？　したことないよ」

「ない？　一度も？」

「開店してからまだ二年しか経っていないっていう理由もあるし、初期にいたのは俺と島野雪路だけだった。他の職人たちを雇ったのは一年経ってからだ」

「雪路君は中学卒業と同時に工房に入ったんですよね」

「そう。彼と二人だけだった頃は、とくに怪異なんて起きなかった。……彼は一人で騒いでいたけれど、俺には影響がなかったんだ。なのに他の二人を雇用した途端、急激に奇妙な出来事が増えた。彼らはオカルト限定の磁石人間なのか？」

腹立たしげな横顔だが、それでも彼らを辞めさせないあたり、意外と寛容(かんよう)な人なんじゃないだろうか。

「バイトの人たちは最初こそ張り切るけれどすぐに辞めていく。奇妙な出来事はしばらく我慢すればおさまるから、あえて動くことはしなかった」

「じゃあなんで今回は？」

ヴィクトールは、前方の十字路からカーブしてきたトラックを目で追うと、「俺は平気だが、高田杏は恐ろしいだろう？」と言った。

その意味を考え、杏は驚く。

（私のために解決に乗り出したってこと？）

この人類嫌いなヴィクトールが？

待って、喜ぶのは早い。俺は平気なんて言っているけれど、鵜呑(うの)みにしちゃだめだ。

昨夜も盛り塩をして別れたあと、彼が眠るまでひたすらＳＮＳでのやりとりに付き合わされたのだ。途中からは、文字入力が手間だという理由で通話に切り替えてきたし。当然、語る内容は椅子についてだった。

（私の声を聞きたがったのって、ポルターガイストを警戒してのことだもんね）

どう考えても杏よりヴィクトールのほうが怖がっている。

せがまれるまま長時間の対話に付き合ってしまった自分もどうかと思うけれど。いや、現在進行形で付き合わされているけれど。

「なんならバイトをもう数人雇おうか？　一人で店に入るより心強いだろ」

……あれ、少しだけ喜んでいいのかも？

「気持ちは嬉しいんですが、オカルト限定の磁石人間が集まる未来しか想像できません」

「不吉なことを言うな。高田杏は預言者か？」

預言者じゃないが、これぱかりは外さない予感がある。

電話でも松本家の場所を聞き出していたらしいが、ヴィクトールは雪路が話していた通り方向音痴だった。なおかつ、自分が方向音痴である事実を絶対に認めまいとする厄介なタイプでもあった。

「ここの道、三度目ですけど」

「うるさいよ。黙っててくれない？　気が散る」

無駄にうろうろするうちに、車内の空気が悪くなってきた。焦燥感と苛立ちの発生地はもちろん運転席にいる人だ。最初はまかせるつもりでいたが、そろそろ到着しないと約束の時間に遅れてしまう。

カーナビはこの一帯の交通に未対応、スマホで地図を出してもなぜか迷う……。

「この辺で合っているはずなんだ。間違いない」

「……あっ、反対側の歩道に人がいます！　私、道を聞いてくるのでちょっと路肩に寄せてください！」

埒が明かないので、嫌がるヴィクトールを説得し、車をとめてもらう。

杏は急いでおりると、走行車が来ていないか確かめてから向かいの歩道へ走った。

「すみません！」

振り向いたスーツ姿の男性に駆け寄り、頭を下げる。

「道をお聞きしたいんですけど、春日部通り六丁目ってこのあたりで合ってますか？」

親切な男性は、眼鏡の奥の瞳を優しく細めて丁寧に道を教えてくれた。

礼を伝え、車に戻ると、ヴィクトールは眉間に皺を寄せて、わかりやすく機嫌を損ねていた。

「場所、わかりましたよ。聞いてよかった、この近くに住んでいる方だったんで」

「知らない。俺は誰も見ていない。そんなやついない。絶対に認めない」

「拗ねないでくださいって。さ、行きましょう」

「拗ねていないし、俺は道に迷っていたわけでもないし、もう少しで自力で辿り着けたんだ」

「わかりました、ヴィクトールさんは迷ってません。あ、そこの看板があるところを右折で」

「俺を信じない高田杏なんて、俺も信じてやらない」

悔しがるヴィクトールを宥めすかし、やっと目的の家を発見。

松本家は新興住宅地の端にあった。正方形のボックスを連想させる造りの一軒家だ。二階建てで、外壁はモルタル。庭が正面側にある。

家の位置を確認していったん通過したのち、近くのコインパーキングに車を置きにいく。その後、徒歩で松本家に引き返す。

チャイムを鳴らすと、すぐに松本陽介が玄関ドアを開けた。二十代半ばの、どこか神経質そうな青年だ。身長は百六十台の雪路と同じくらいだろうか。茶系のネルシャツに黒いパンツを合わせている。

訪問許可は得たというが、陽介はあからさまに迷惑そうな顔をしていた。杏たちを家にあげるのも嫌々という様子だ。

居間に案内され、ソファーに腰を下ろしたあと。

こちらから話を切り出す前に、陽介が「本当はＨＰの掲載のためなんて嘘じゃないんですか？」と疑わしげな目を向け、単刀直入に問いかけてくる。

その通りで、杏もヴィクトールも押し黙った。しかしヴィクトールがすぐに相手の警戒を脆く溶かしてしまうような優しい微笑を浮かべ、「なぜそんなふうに思われたんでしょうか」と質問を返す。陽介だけじゃなくて、隣の杏までつい見惚れてしまう。

ヴィクトールはその気になれば常識的な振る舞いもできる人だ。年相応の狡さもあると思う。この容姿で微笑めば大抵の相手が怯んでくれると自覚している。

「松本様のご負担を考えずに押しかけてしまい、申し訳ありませんが……ぜひとも直接お話をさせていただきたかったんです」

気を引くような、魅力的な表情だ。

(これで押し切ろうとしてる)

同性の陽介にもヴィクトールの笑顔は効果抜群だった。彼は耳を赤くし、早口で言い訳のような言葉をこぼした。

「姉が店に行ったんでしょう？　椅子を買い戻したいとでも頼まれたんじゃないですか。でも俺、売ったこと後悔してませんから」

「ですが惜しむのもわかるほどの素晴らしい椅子でしたよ」

「俺は別になんとも。両親からは俺の好きにしていいって言われているんで、姉に口出しする権利はないですよ」

言い切ると、陽介はどこか誇らしげな表情を浮かべる。

「姉はもう家を出ているんです。俺は結婚して、ここで親と同居しているんで」

ヴィクトールは笑みを浮かべたままうなずく。悠然と足を組み、話の先をうながすように首を軽く傾げるだけで、陽介は聞いてもいないことを積極的に話してくれる。

「騒いでいるのは姉だけですよ、馬鹿らしい。俺も妻も、古い家具には興味ないんですよね」

陽介の相手はヴィクトールにまかせて、杏はさり気なく居間の観察をした。

広さは二十七、八平米あたりか。南向きに大きな窓が設けられている。ソファーにガラステーブル、大型テレビ。置かれている家具はしゃれたデザインが多い。暮らしぶりがわかる。

家族写真の類いは飾られていなかった。陽介と奥さん、両親の四人暮らしか。

「あの椅子は祖母が愛用していたものです。ピアノ部屋に置いていたんですが、うちでは姉と祖母以外、演奏できないんで。いずれそこを子ども部屋にしたいので、ピアノを売るついでにあの椅子もあなた方に引き取ってもらおうと思ったんですよ」

ピアノ。杏は視線を陽介に戻した。頭に浮かんだのは当然、ポルターガイストのピアノの音だ。やっぱり松本家が関係している。

陽介は、杏の視線に気づかず、ひたすらヴィクトールの顔を見つめている。

「よろしければピアノ部屋を見せていただいても？」

突然のヴィクトールの要求に、陽介はびくりと肩を揺らしたが、曖昧にうなずいた。普通なら「なんで他人に部屋を見せなきゃいけない？」と不審に思うところだ。

「ご家族が椅子とともに、どのようにすごされていたのか、そのあたりのお話を聞きたいです」

HP掲載設定を貫くつもりらしい。ヴィクトールはさっと立ち上がり、陽介に催促の視線を送る。ガラス玉のような目で見つめ返されて落ち着かなくなったのだろう、陽介は慌ただしく腰を上げると、ピアノ部屋へ杏たちを案内した。

居間を出て、短い通路の先にあるピアノ部屋へ入る。八畳ほどの洋間だ。ピアノを処分した現在はちょっとした団欒の部屋に使われているのか、ビーズクッションやローテーブルが置かれている。壁際にはチェスト、突っ張り式のスリムな飾り棚がある。わずかに傾きがあり、板が階段状になっているタイプのものだ。床には円形の白いラグが敷かれている。

ぐるっと室内を見回す。かすかに臭いがこもっている気がした。

空気の入れ替えをあまりしていないのかもしれない。

そう考えた直後、首筋にちりっとしたものを感じた。誰かに見られているような感覚。その後ふいにざらりと頬を舐める感触にも襲われ、背筋が震える。

杏はとっさに片手で頬を押さえた。勢いがよすぎて、意図せずぱちんっと頬を打つような形になる。その音に意表を突かれたのか、ヴィクトールと陽介が同時に杏を振り返った。

陽介はたぶんこの瞬間まで杏のことは視界にも入れていなかったんだろうと思う。ヴィクトールだけに意識を奪われていた状態というか。頬を打つ音を聞いて、今はじめて杏の存在に気づいたと言わんばかりの顔を見せる。

「す、すみません、虫がとまった気がして」

苦しい弁明をしてしまった。

陽介の視線が一度ヴィクトールに流れ、また杏のほうに戻る。目の奥に一瞬宿ったのは無遠慮(ぶえんりょ)な好奇心の光だ。未成年の少女と外国人で大人の男、という組み合わせが不思議に映(うつ)ったらしい。

そういえば彼に自己紹介していない。ヴィクトールとの関係を邪推(じゃすい)されたかな、と杏は思った。あれこれ詮索(せんさく)される前にと、愛想笑いを浮かべて適当な質問を陽介に投げかける。

「こちらのお部屋は普段あまり使われていないんですか?」

「え? ええ、まあ。俺も両親もそれぞれ寝室がありますんで。こっちはお客さんが泊まりにきた時に貸してます」

陽介はちらちらとヴィクトールをうかがいながらも杏の質問に答えた。

ヴィクトールは表情を変えず、さっきの杏のように室内を見回す。

(……この素(そ)っ気(け)ない反応、なぜそんな無意味な質問をしたんだ、って心の中で呆(あき)れているに違いない)

内心へこんだが、こっちにだって事情がある。誰かに見られているような感じがしたんだから!

「椅子にまつわるうちの思い出話を聞きたいんですよね?」と陽介がヴィクトールに話しかけ

る。

「と言われてもなあ……、前に査定にきてもらったスタッフの方にも話しましたけれど、俺自身は本当に詳しいことは知らないんですよ。祖父があれを購入した時の書類は残っていたんで、それもスタッフにお渡ししたはずです」

その言葉にヴィクトールがうなずいた。

「ええ。保証書はいただきました。歴史的価値が確かかどうか——時代の特定ができるかどうかは、アンティーク商品にとって重要な問題です。……それで、こういった高額商品はなにかの記念で買われることも多いんですが、ご家族の方はどうでした？」

「ええ、祖父が若い頃に、結婚記念日のプレゼントとして祖母へ贈った椅子なんですよ。祖母は愛用していましたね。二年前に祖母が病死したあとは、祖父が一日中座るようになってね」

陽介が唇を歪めて笑った。

(急に雰囲気が変わった)

ずいぶん暗い笑い方をする。もちろん、亡くなった家族の話をしているので、楽しい顔を見せるはずがないのだが……、喪失感や悲しさとは異なる荒んだ念がその表情に含まれているような気がする。

「その祖父も、祖母のあとを追うように半年後に倒れましたよ」

「そうでしたか、お悔やみを申し上げます」

ヴィクトールが丁寧に答える。陽介の唇には、歪んだ笑いが張りついたままだ。それに作り物っぽさを感じて杏は戸惑った。

「あの椅子を、なんで売りたがったのか気になりますか？」

「なぜですか？」

問い返したヴィクトールに、しかし陽介はもったいぶった態度を取る。

「あなた方、やっぱり姉にしつこく頼まれたんでしょ？　なんで売ったのか探ってほしいと言われたんですよね？　でも大丈夫ですって、姉に難癖つけられても放っておけばいいんですよ。あれは姉の所有物じゃなかったんだから」

陽介は、トラブルを回避する目的で杏たちが自宅に乗り込んできたと勘違いをしている。でも「TSUKURA」としては、査定依頼を受けたのち、彼とのあいだに商品引き取りに関する書類を作り、サインをもらっている。買い取り料金だって払っているのだ。たとえ香苗がクレームを出しても問題にはならない。

「今姉が付き合っている男が骨董好きらしいんですよ。どうせそいつにああだこうだ言われて欲を出したんだと思いますよ。まったく迷惑だ、ずっと好き勝手に生きてきたのに、都合のいい時だけこっちに首を突っ込んできて指図するなんて、ないでしょ」

ヴィクトールは話に興味のないような素振りで窓辺へ近づく。その彼の行動を、陽介がじっと視線で追う。

「そこです。今あなたが立っている場所に、椅子を置いていたんです。……祖母はね、はじめ、あの椅子を壊れたピアノ椅子の代わりにしていたんです」

ヴィクトールが振り向きもしなかったので、陽介はあきらめたように杏へ顔を向けた。今度はこっちに聞かせてくれるらしい。

話を聞きますよ、という意味をこめて杏はにこりと微笑んだが、内心気が気でない。

(ヴィクトールさん、勝手に他人の家の窓を開けないでよ!)

彼は妙なところで思いがけない図々しさを発揮する。とめようと思ったが、家主の陽介が動かないので杏ははらはらしつつも見守ることにした。

話を中断させる気はないのか、ヴィクトールも窓を開ける以外の動きはせず、黙ったまま外へ目を向けている。室内には少し匂いがこもっているみたいだったので、空気の入れ替えがしたかったかもしれない。

「……でも、あの椅子って肘掛けがあったでしょ。だから演奏時に邪魔になるってぼやいて、結局窓際に移動させたんですけどね。……いい年して、なんでピアノなんか習い始めたんだか」

吐き捨てるような口調に驚いて、杏は陽介の顔を凝視した。

「おばあ様が習い始めたのは、大人になって以降だったんですか?」

「俺が高校生の時からですよ。趣味の習い事を始めるんだったら、絵はがきとか、洋裁とか、もっと簡単なものにすればよかったのに。こっちは下手な演奏を毎日聞かされてうんざりだった。祖父だって内心は呆れていたんだ。腹に据えかねて何度か言い争っていたし。あんなのにうつつを抜かすなよってね。本当、いい年してどうかしてる」

祖母とは険悪の仲だったんだろうか。さっきから陽介の言葉には棘が感じられる。姉の香苗に対しても厳しい視点を持っているようだった。

だからピアノも椅子も未練なく売ろうと思えたのかもしれない。逆に姉の香苗は祖母と親しかった?

「あの椅子は、うちにとっては呪いの椅子なんですよ」

陽介が表情を消してつぶやく。

「それに、座ったら皆死んでいくんだ。祖母も、祖父も死にました。呪いは連鎖するんだ。だからなんとしても手放したかったんです」

呪いの椅子。杏はぞっとした。陽介の非現実的な発言を否定できない。

自分たちはポルターガイストに悩まされて、ここに来たのだ。

「絶対に買い戻したりしませんよ」

怒りを感じるような強い声で陽介が言う。その直後、ぽろん、とピアノの音が聞こえた気がした。かすかに、どこかもの悲しげに。

「今、ピアノの音が聞こえませんでしたか?」

「ピアノ? ——なんの冗談ですか。うちにはもうピアノだってありませんよ」

陽介の目尻（めじり）がつり上がる。

「そ、そうですよね、変なことを言ってすみません」

杏は動揺した。責めるような陽介の視線を避けて、窓の景色を無言で眺めているヴィクトールのほうへ近づく。恐ろしさと不安で動きがぎこちなくなる。こんなふうに他人の事情を探るのは、性格的に向いていないようだ。杏はもう、帰りたくなっていた。

人に関わるのが嫌いなヴィクトールの気持ちが少しだけわかったかも……。

「オーナー、そろそろおいとましませんか。長くお邪魔するとご迷惑になりますし」

「そうだね」とヴィクトールが振り向いて言う。

臆病（おくびょう）になってしまったのを悟られたくなくて、杏は視線を窓のほうへ向けた。

窓の外は二車線の道路で、その向こうに小さな公園、さらにその向こうに一軒家が間隔（かんかく）を置いて並んでいた。観葉植物を並べる窓が見える。レースのカーテンが揺れる窓も。それらを眺めていると、また、ぽろんというピアノの音がかすかに耳に届く。

杏は身の震えをごまかすために窓を閉め、ヴィクトールの腕に触れた。


駐車場までの帰り道。杏は無意識に上腕をさすりながら隣を歩くヴィクトールを見上げた。

「呪いの椅子って、本当でしょうか」

杏は信じそうになっている。

なにしろダンテスカだ。血腥い政権争いに破れたダンテが愛用したという椅子。彼の悲劇的な体験は手がけた叙事詩にも大きく影響を与えているとか。

怪異のひとつやふたつ、余裕で起こしそう。松本家の祖父母が死んだのも……もしかしてダンテの呪い？

……とあれこれ想像を膨らませたことが、どうやら顔に出ていたらしい。

「まさかと思うけれど、椅子に染み込んだダンテの恨みつらみが松本家の人々を呪った、なんて考えていないか？」

ヴィクトールが呆れている。

「高田杏って妄想が逞しい」

「だ、だって！　実際に店でポルターガイストが起きたじゃないですか！」

「ふうん。じゃあ高田杏は本当に、ダンテ自身が実際に座ったわけじゃなく、その後の時代にひとつのモデルとしてリプロダクションされた椅子に偶然にも彼の怨嗟の声が宿ったと思うんだな」

「うっ……」

「そしてそれが日本の片隅で正しく生きていた松本家の祖父母を呪い殺したと。正気か。ダンテは無差別に呪いをばらまく怨霊かなにかなのかな」

　かああっと羞恥で頬が熱くなった。

「そこまで強力なパワーを持っているなら、そのうち神社に祀られるんじゃない？　ほらなんだっけ、祟りをもたらすからと、天神様として信仰対象にされた歴史的人物がいただろう。ああいう感じに日本で神格を与えられるわけだ。日本はなんでも神扱いするよな」

　なんでそんなことにまで詳しいんだろう、この人。

「わかりました。私が間違ってました。やめてください」

　冷淡に指摘されると、自分がとてつもなく荒唐無稽な妄想をしていたって理解できる。恥ずかしい。

（でも冷静でいられなくなるくらい怖かったんだもの！）

　……と本音を告げたら今度は馬鹿にされそうだ。

　情けなくなって項垂れていたら、ヴィクトールがちょっと笑って杏の肩に触れた。人嫌いなくせに、彼は触れることを恐れない。触れられることに慣れているからなのかもしれない。ふとそう思って、より項垂れたくなる。

「高田杏。そう難しく考えることはないのに」

「……はい」

「ポルターガイストの正体は、猫だろ」

ヴィクトールはなんでもないことのように言った。

猫か。うん。猫……、杏はぼんやりとそれを聞き、我に返って、勢いよく顔を上げた。

「はっ？　──猫？　なんで!?」

「なんでもなにも。猫って化ける動物の筆頭じゃないか」

「そんな筆頭いやですけど……。って、どこから猫が？」

「今回のポルターガイストの特徴って、ピアノの音、『行かないで』という声。それから、頬を舐める感触だっただろ。俺は舐められたことないけれど」

「猫が舐めていたって言いたいんですか？　で、でも」

ヴィクトールが杏の顔を覗き込む。──距離が近すぎて、恐怖を感じていた時とは違う意味で冷静じゃいられなくなる。

でもこの人って、今はわざと私を焦(あせ)らせようとしていない？

「松本家は猫を飼っていたんだよ」

「なんでわかるんですか」

「高田杏の目は、ガラスなのか？　ピアノ部屋にあったじゃないか、キャットシェルフ。あの家、獣(けもの)の臭いも染みついていたし」

「キャットシェルフ……？」

ヴィクトールの目のほうがガラス玉っぽいじゃないか、と思ったのは秘密だ。

「突っ張り式の棚(たな)みたいなやつ。あれって猫用のものだ。キャットハウスがついていたら高田杏でもすぐにわかったんじゃないかな。一見飾り棚っぽいから、猫を飼っていない人にはわかりにくいかもね」

「え、えー……」

「修理前のダンテスカにも引っかき傷のようなものがあった。今はいないようだけれど、松本家で飼われていたんだと思うよ。で、祖父母が愛用していた椅子にその猫も座っていた。かわいがられていたんじゃないか？」

確かに前、ヴィクトールは、ダンテスカには猫がつけたような引っかき傷があると口にしていた。

「えっとつまり」

「祖父母は順番に亡くなった。たぶん彼らのあとにその猫も。行かないで、ここにいて、という声は、他界した祖父母へ向けられた猫の切ない願いだったんじゃない？　その寂しさの残滓(ざんし)が椅子に残った」

……言われてみれば、悲痛な声だったかも。それに、足元にすり寄られたような感触もあった。猫が頭をこすりつけていたとか？

「孫の陽介の話し振りから、祖母とは険悪な仲だったとわかる。ピアノも椅子も売り飛ばした。それを猫は恨みに思って、化けて出てきた」

言い包めるような口調に聞こえるのは気のせいだろうか。

「こう考えるほうが、ダンテの呪いよりは自然じゃないかな」

「そ……そっか……。あの、確かにピアノ部屋で私、またなにかに舐められたような感触がしたし、視線も感じた気がするんです」

「……そうなのか？」

「はい。あれって猫の視線だったのか……」

かわいがってくれた祖父母に対する強い未練。執着。だから猫は今も成仏できずに魂は椅子に縛り付けられていたってこと。その椅子を陽介が手放してしまった。彼の薄情さに猫は怒りを抱き、誰かになんとかしてほしくて現実に干渉し始めた。

なにしろ椅子の引取先は、ポルターガイスト専門店というような「TSUKURA」。猫も張り切って霊障を起こしたんじゃ。

（でも、きっと祖父母に会いたいよね）

袖振り合うも多生の縁って言うし、自分にできることはあるだろうか。肝心の椅子を取り戻すのは無理だけれど……。

「あの、お店に戻る前に、スーパーに寄ってもらえますか？」

「いいけれど……また塩でも買う？」

尋ねるヴィクトールに、杏は首を横に振る。

「キャットフード、買おうかと。お供えしようかなって」

　ヴィクトールは困ったような表情を浮かべて口ごもった。短い間無言で歩く。杏は、祖父母を失って切なく鳴く猫を想像し、しんみりした。

　コインパーキングに到着し、車の前まで来た時、ヴィクトールが穏やかに微笑んで言った。

「そうだな。買いに行こうか」

「はい」

　お供えして、成仏を祈る。きっとこれで怪奇現象もおさまるんじゃないだろうか。

　椅子に刻まれた寂しさの声を、杏たちは聞き届けたのだから。

　車に乗り込んだあとで、ヴィクトールがハンドルに手を預けながら話し始める。

「ねえ、高田杏」

「俺はおまえたちみたいに霊感体質じゃなかったんだ。だから俺が一人でいる時ってまず、ポルターガイストは起こらない。基本的には見えないものを信じないしね」

　彼は前を向いたまま続ける。

「馬鹿げていると思っていたんだ、そういうの。気の迷いだろって。でも、見えない声、見えないものを見るっていうのは、心がナイーブだからなんじゃないかと考えるようになった」

「……心が弱いってことですか？」

「そうじゃなくて。物事をありのままに、疑わずに受け入れることができる人間という意味だ。

決して鈍感なわけじゃない。むしろ感受性は豊かで、その上で素直に受けとめる。俺は逆だ。まず怪しむ、疑う、恐れる。優しさの裏にどういう黒い感情が隠されているかと、ありもしない悪意を想像して震える。それが現実になる前に見て見ぬ振りを決め込む。歪んでいるだろ」

ヴィクトールは苦く笑うと、こちらの視線を避けるように俯き、シートベルトを締めた。

「さ、戻ろうか。先にキャットフードを買ってからだな」

「はい。……ヴィクトールさん」

車を動かそうとした彼の横顔を見つめる。

「よくわからないですけど、今の話で言うなら、私たちって釣り合い取れているんじゃないでしょうか」

「……なにが？」

「私が見えないものを見すぎてしまう時は、そういうのを信じないヴィクトールさんがたまに目隠ししてください。それで逆に、ヴィクトールさんが見えないものを見たいって思う時は、私が目隠しを外す、みたいな」

ヴィクトールは驚いたように杏を見つめる。

「持ちつ持たれつ……、支え合う？　助け合う？　っていう感じで。あ、あれ、なんか違うかも？……ああっ、その、私というか、私たち、工房の人たちも含めてっていう意味ですから！」

なにを言っているんだ私。今日だって全然役に立たなかったのに、釣り合いが取れているとかよく言えたもんだ。顔に熱がたまり、息苦しくなってくる。

「……高田杏という人類に今、口説かれた気がする」

「口説いてない‼　違います！」

ヴィクトールが笑った。彼が大好きな椅子の話をしていたわけじゃないのに、その顔に浮かんでいたのは、見惚れるほどの輝く笑みだった。


「柘倉」の入り口の横に設置しているデザインチェア。

その上に、シンデレラの靴に代わって、キャットフードが置かれるようになった。

でも――ピアノの音は、その後もやまなかったのだ。

6

土曜日の午後一時。椅子工房「栢倉」の昼休憩後。

カランと扉のベルを鳴らして店内に入ってきた彼――ヴィクトール・類・エルウッドという名の美貌の男は、フロア奥で身を寄せ合う杏と職人たちに気づくと怪訝そうな表情を浮かべてこう尋ねた。

「なんだ、おまえたちのその危ない絵面は。誘拐犯たちと人質少女か？」

杏は「いいえ、オカルト限定の磁石人間たちとお守り少女です」と冷静に返した。

職人たちが少しばかり気まずげに視線をさまよわせる。

「おまえたちを中心にして空気が澱んでいる」

ヴィクトールは鼻の上に皺を寄せると、じろじろと無遠慮にこちらを眺め回した。「近寄りたくない」と考えているのが丸わかりの失礼な目つきだ。

だが、ヴィクトールが杏たちを見て「誘拐犯たちと人質少女」と喩えたくなった気持ちは少しだけ理解できる。

（「柘倉」の職人たちって皆、犯罪者顔をしているんだよね……）

バーを連想させるようなカウンターの客用椅子のひとつに座る杏を、筋骨隆々の六十すぎの熊男、オールバックの眼光鋭いヤクザめいた男、腹黒さ漂(ただよ)うクールな少年という見た目も年齢もばらばらの個性溢れる凶悪面子(メンツ)が取り囲んでいるのだ。しかも全員、黒のつなぎ服。

この絵面、どう見ても犯罪臭(しゅう)しかしない。

が、実際はその容貌を裏切り、心優しく善良な人たちである。

ただし——揃(そろ)いも揃って、近所の住職が匙(さじ)を投げるほどの霊感体質の持ち主。そして類は友を呼ぶという言葉通り、この店でバイトを始めた杏にも霊感が備わっている。

なぜこうして杏たちが不自然に固まっているかというと、全員が持つこの特異体質が原因なわけで。

「オーナーはここ数日休んでいたんで知らないでしょうが、工房で霊障が頻繁(ひんぱん)に起きるようになったんですよ」

涙目でヴィクトールに訴(うった)えたのはオールバックのヤクザめいた男……室井武史(むろいたけし)だ。

「今日なんて、なんの前触れもなくデスクライトがひとつ割れましたからね」

「それでおまえたちは店に避難し、高田(たかだ)杏にくっついていたのか？」

ヴィクトールが呆(あき)れた顔をして腕を組む。

杏は諸(しょ)事情により、ここの職人たちから怪異を払い除(の)けるお守り扱(あつか)いをされている。工房で作業をしていた彼らが、昼休憩が終わると同時に店番中の杏のもとへやってきたのはこのためだ。おさまる気配を見せないポルターガイスト現象に恐れをなしたらしい。

ちなみにヴィクトールがここへ現れるまでの間に二組の客が来店しているのだが、彼らは杏たちの姿を見た途端おびえた表情を浮かべ、逃げるように去っていった。この事実はきっとヴィクトールには伝えないほうがいい。

「キャットフードのお供え(そな)は、効果なしか……」

杏は眉(まゆ)を下げてつぶやいた。

急激に増加したポルターガイスト現象の原因は、猫の幽霊である。

未練たっぷりに杏を振り返りながらとぼとぼと工房へ戻ってゆく職人たちを見送ったあと。

ふと思い立って、ヴィクトールを店内に残したまま杏もいったん外へ出た。入り口の扉の横には羽根ペンモチーフのデザインチェアが置かれている。その座面にお供えしていた物――キャットフードの缶を杏はしばらくじっと見つめる。それから片手で額に庇(ひさし)を作り、日差しをたっぷりと浴びている店を仰(あお)ぐ。

こうして見る限りでは、店は明るい雰囲気(ふんいき)に包まれており、霊障による不吉な影など微塵(みじん)も感じられない。雨天続きだったが、週末に入ると同時にからりと晴れるようになった。そのおかげでよけいに明るく感じるのかもしれない。晴天は、心を軽やかにしてくれる。

杏は目を細めた。七月を前にして陽光はいっそうの輝きを放っているように思う。建物の輪郭が光に彩られ、きらきらと滲むほどまばゆい。気温もぐんと上がった。

あとで打ち水をしたほうがいいだろうか。熱気を帯びた空気を肺にゆっくりと取り込みながら、そんな他愛もない悩みを抱く。

ここは、椅子の店。立派な銀杏の木に挟まれたモダンな赤煉瓦倉庫だ。星形の避雷針が立つゆるやかな傾斜の黒い三角屋根は月日を経て少々くすんで見える。二階建ての構造だが、内部はスキップフロアで区切られている。半アーチの窓は閉め切っており、カーテン代わりのタペストリーで隠してしまっている。換気時に開ける程度。両開き式の入り口扉は、間隔を置いて二箇所に設けられている――というより三角屋根の倉庫を二つ並べたような造りなので、扉もまた別に設けられているのだ。

左扉側のキャノピーの下には「TSUKURA」、右扉側には「柘倉」というロゴが飾られている。「TSUKURA」側にはアンティークチェア、「柘倉」側には職人たちが製作するオリジナルチェア、というようにフロアを完全にわけている。フロア間は内壁に扉を設えているので、そこから行き来ができる。

この赤煉瓦倉庫の他に、椅子を製作するための工房が車で二分の距離にある。職人たちは普段そちらで作業をしている。杏は、こちらの赤煉瓦倉庫のほうで一人店番だ。

小さな椅子の美術館といった雰囲気のこの店で杏がバイトを始めてから、早一ヵ月。接客の仕事も決して嫌いじゃないし、強面な職人たちも親切にしてくれる。

そう考えると、かなり恵まれた職場なのだが——。

(本当、ポルターガイスト現象さえ起きなければなあ)

そもそも、とある幽霊騒動がきっかけでこのバイトを始めるようになったのだ。杏自身、過去に何度も霊障を経験しているので、つくづく幽霊と縁があると思う。

デザインチェアの上にお供えしていた猫缶は、その後に発生したポルターガイストを鎮めるため、盛り塩の代わりに用意したものだ。杏や職人たちが成仏を願うことでこの騒ぎもいずれ収束するだろうと思っていたのだが、現実はそう甘くなかった。

お供えをしたのちも、杏たちの祈りを嘲笑うかのように霊障の発生率が増加している。

どうしたものかと悩みながら庇代わりにしていた片手をおろし、デザインチェアの上の猫缶を見つめる。それを手に取った時、「TSUKURA」の入り口の扉が内側から開かれ、ヴィクトールが姿を見せた。

「明日、修理を終えた椅子を持ってくる。今のうちに配置を変えておきたいんだ。手伝って」

ヴィクトールはそう告げると、杏の手にある猫缶をさらっと視線で撫でて、嫌そうに顔をしかめた。

「そのキャットフード、なんの効果もないんじゃない？」

杏の手から猫缶を取り上げ、それを目の高さに掲げて「もう少し高級な猫缶にしてみれば？」などと無責任な提案をする。

ヴィクトールは店のオーナーで、同時に椅子職人でもある。名前でわかる通り彼の容姿は外国人そのものなのだが、幼少の頃からこちらで暮らしていたというだけあって日本語の発音は完璧だ。逆に英語は、高校生の杏より苦手。

「ついでにマタタビや猫じゃらしも置いてみたらどう？」

適当な発言を続ける彼に呆れた目を向けるも、杏はすぐに顔を逸らした。けれども意識は彼のほうに集中している。

（外見は見惚れるくらい恰好いいんだよね）

美人は三日で飽きるというけれど、悔しいことに今のところまだそんな兆候は訪れていない。彼と顔を合わせるたび密かに緊張してしまうのだ。

「あと、猫の好物といったら魚か？」

猫缶を器用にくるくる回すヴィクトールに視線を戻し、杏はさり気なくその姿を観察する。

淡い金髪に胡桃色の瞳。年齢は二十代半ばだろうか。今日は椅子製作をしないつもりなのか、つなぎに着替えもせずエプロンもしていない。タイなしのシャツにクリーム色のベスト、濃い目のパンツという恰好だ。夏に合わせて爽やかに品よくまとめているが、カジュアルすぎるわけでもない。

　このスタイルにはどんな椅子が似合うだろう。先日店に展示した、脚の部分が螺旋のようにねじねじしている椅子とか……、あれはなんていう名称だったかな。

　そんな想像をして胸を高鳴らせたが、こちらを向いたヴィクトールの「俺は動くもの全般嫌いなんだよね。人類よりは猫のほうが好ましいけれど」という発言により、一瞬でときめきは霧散した。容姿は文句なしに整っているのに、性格が残念の一言に尽きるのだ。とにかく人類が嫌い。人類はこっちの都合を考えずに要求ばかりしてくる、そのくせこっちの心は置き去りにする——だから嫌いなのだという。

　この話だけなら共感できなくもないが、彼にはいささか難がありすぎる。怖がりなくせに見栄を張るし空気も読めないいし、方向音痴だし、情緒不安定気味だし。

「ところで高田杏、このキャットフードは供えたあとどうする？　君が食べるのか？」

「食べません」

　これだ。杏は真顔で答えた。

　天は二物を与えなかった。神様って案外平等だ——とつくづく思うのに、なぜだか妙に気になってしまう人でもある。

「まあ、そのうちポルターガイストもおさまるだろ」

　というヴィクトールの予想外の一言に、杏は目を瞠る。

もともと霊感を持っておらず、すべて心の疲れ、気の迷いと頑固に言い張ってきた人が、ついにポルターガイスト現象を現実のものだと受け入れた！

（ヴィクトールさんが成長してる）

霊感体質の持ち主である職人たちの影響を受け、何度も恐怖体験を味わうはめになって認めざるを得なくなったのか。

「なに高田杏、その意味深な目」

「いえ、なんでも。……ポルターガイストを引き起こしているのは、猫の幽霊で間違いないんですよね」

しつこく突っ込まれる前に杏は話題を変えた。いや、むしろ本命はこっちの話題だ。

「まさかまだダンテの怨念(おんねん)が原因なんじゃないか、とか疑っているんじゃない？」

ヴィクトールがからかう声で言う。

「実は猫じゃなくてダンテの幽霊がべたりと張り付いて、人々を狂わせているのかもしれない」

「え」

きれいな顔の男が無表情でそんな言葉を口にすると、凄(すご)みが増して怖い。汗ばむほどの熱気も急に冷えたかのような感じがする。

及び腰になった杏に、ヴィクトールが一歩詰め寄る。

「ほら今も君の肩に乗っている——」

近い、と驚いた瞬間、ヴィクトールが首を少し傾け、顔に影が落ちるくらい身を寄せてきて――え、なにこの距離感、いきなりそんな待って――そう焦り、ぎくりと固まる杏の肩に、彼は悪びれもせず猫缶を乗せた。

「……えっ」

ぽかんとする杏を覗き込み、唇で笑う。

「高田杏って、妄想逞しすぎない？」

「……!?」

羞恥心と怒りと驚きがぶわっと一気に膨れ上がった。日差しの強さも復活し、全身あぶられているように熱くなる。

赤くなったり青くなったりする杏からさっと身を引くと、ヴィクトールは片手を腰に当てて、せせら笑う。

「百万歩譲ってポルターガイスト現象は本当に存在すると認めてやってもいい。けれど、ダンテの悪霊が原因ってことは絶対にないと断言する」

「そうでしょうね……！　私も思っていません！」

「信じかけたくせに。君って見栄っ張りだよね」

ヴィクトールにだけは見栄っ張りと言われたくない！

色々もの申したくなる衝動をこらえるため、全身にぐっと力を入れる。その瞬間、肩の上に置かれた猫缶が落ちそうになった。慌てて掴み、握り締める。

幸か不幸か、そちらに気を取られたおかげで少し冷静になった。

（この人ってもう、わけがわからない！）

知人相手だとパーソナルスペースが極端に狭くなるタイプなのかもしれないが、それにしたって杏に対する距離感はおかしくないだろうか。目の前の彼もだが、職人の雪路も。彼らからふいに近寄られるたび翻弄されるこちらの身にもなってほしい。

嫌な汗をかいた。杏は猫缶を持ったほうの手の甲で乱暴に額を拭った。その仕草を見ていたヴィクトールがまた一歩近づいてくる。今度はなんだと身構える杏の背に片手を当てて、店内へ戻るようにとうながす。……エスコート術だけはしっかり身についているところが本当に複雑というか、憎み切れないというか。

「……もう一度、松本さんに連絡を取って原因を調べ直したほうがいいでしょうか」

気持ちを切り替えて尋ねる杏を一瞥し、ヴィクトールは入り口の扉を開けた。視線で杏を先に入らせる。

熱気に満ちた外から比べると店内は適度に涼しく、汗がすうっと引くのがわかる。

「TSUKURA」側のフロアにはアンティークチェアのみが展示されている。

ヴィクトールはそのひとつ……偶然にも先ほど杏が脳裏に描いた、螺旋状のねじれが施された華やかな脚の椅子に近づき、それを眺めながら口を開く。

「必要ないよ。それより霊能者を呼んで祓ってもらうか、高田杏を祭壇に上げて祈禱でもするほうがまだ効果を期待できるんじゃないか?」

「やめてください。私になにをさせるつもりですか」

ヴィクトールもまさか、杏にお守り的な悪霊退散効果があると信じているんじゃないだろうか?

「心霊現象のことばかり気にしているとなおさら悪いものを呼び寄せてしまうんじゃない?しばらくの辛抱だろ。……今までだって、少しの間我慢して見てみぬ振りを続ければ、そのうちおさまったと聞いているけれど。要は、気の持ちようだ」

「……はい、でも」

「念のために言っておくけれど、ダンテスカの購入者との接触なんて考えないように。購入者を不安にさせたり不快に思わせたりするために椅子を販売しているわけじゃないんだ」

胸にあった考えを見透かされ、杏は我に返った。小声で「はい」と返事をする。

(その通りだ。無関係な人を巻き込んじゃいけない)

「実はあなたが購入した椅子に幽霊が取り憑いている可能性がありまして」なんていう話を持ちかけに行くなど、冷静に考えずともおかしい。胡散臭い霊感商法かなにかと誤解され、警察に通報されかねない。

特殊なのは、ポルターガイストに気づいてしまう自分たちの体質のほうなのだ。

（見て見ぬ振りかぁ）

気にしすぎないのが一番だとよくわかっているのだが、日に日に憔悴してゆく職人たちを見ているとなんとかしてやりたい気持ちが生まれる。怖がりなのに霊感がある人たちなのだ。

杏自身も繰り返し発生する霊障にもちろん恐怖は感じているけれど、彼らほどではない。

「椅子の元持ち主にも、もう関わらないように」

ヴィクトールが厳しい声で忠告する。

「やっぱり調査の真似事なんてすべきじゃなかったよ」

普段はオーナーらしくない人だが、このあたりの常識はしっかりしている。

杏は、今回の霊障の発端となったダンテスカという名の椅子を脳裏に描いた。座面が軽くカーブしたX脚のアンティークチェアで、優美というよりはどこか厳かな雰囲気を持っている。この椅子はルネサンス期に登場したものであり、かの有名な『神曲』の作者ダンテ・アリギエーリの名を由来とする。

といっても「TSUKURA」で扱ったダンテスカは復刻品で、百年ほど前に製作されている。元の所有者は松本陽介という男。査定や修理を終えて展示したあと、すぐに買い手がついた。しかし話はそこで終わらなかった。ダンテスカを店に展示して以降、不気味なポルターガイスト現象に悩まされるはめになったのだ。

杏とヴィクトールはその原因を突き止めるべく、取引した客の声をＨＰに掲載したい、という名目で元持ち主の松本家を訪れた。

陽介に話を聞いたのち、以前飼われていた猫の霊がダンテスカに取り憑き、店でポルターガイスト現象を引き起こすようになったのではないか、と杏たちは判断した。猫缶をお供えしていたのはこのためだ。

(猫の霊に頬を舐められた感触があったのは確かなんだけれどな。ピアノの音と、声も聞いた)

行かないで。

ここにいて。

私が見つめていることを忘れないで。

離さない。

——そう強く訴える声だ。思い出すと背筋がぞくりとする。

じわじわと胸に広がる恐れを払い除けるため、杏は勢いよく頭を左右に振った。椅子から視線を上げたヴィクトールがいぶかしげにこちらをうかがう。

それにしても目を引く男だ。様々な時代を眺めてきたであろうアンティークチェアの隣に立つと、一枚の絵のようにしっくりくる。天井から不規則に下げられたペンダントライトの光が、本来金色である彼の髪を淡いブラウンに変えている。

(価値あるものが似合うのって、いいなあ)

容姿的な意味だけじゃなく、たとえば内面から感じられるなにかが秀でているように思えるのだ。

羨望まじりに見惚れていると、本格的に怪訝な顔をされた。杏は慌ててごまかした。

「――その、ヴィクトールさんの隣に置かれているねじねじ脚の椅子、素敵なデザインですよね」

彼の横にあるのは、派手というほどに華やかな深い飴色の椅子だ。肘掛け、脚、横木の部分が螺旋状にねじれている。背もたれ部分は花の透かし彫り。どちらかといえば女性的なデザインだが、どっしりとした落ち着いた雰囲気も持ち合わせているので、男性のヴィクトールが並んでも違和感を抱かせない。

「なんかねじり飴とかきなこねじりっぽい感じで……」

思いつきのまま口にしたあとで、杏は、馬鹿みたいな表現だったと自覚した。途端に恥ずかしさがこみ上げてくる。こういう時自分の発想の幼さを痛感し、ほとほとうんざりしてしまう。

（笑われそう。食い意地がはっているとも思われそう）

後ろ向きの考えに取り憑かれ、杏は俯きたくなった。ヴィクトールに子ども扱いされるのは、なんだかつらい。お願いだからそういう目で見ないでほしい――と祈る思いで視線を向ければ、恐れていた反応とは逆の表情を浮かべたヴィクトールがそこにいた。

馬鹿にするどころか、彼のほうこそ子どもみたいにきらきらと目を輝かせている。

「前から思っていたけれど高田杏の感性って悪くないよね。好感度高いよ」

「好感度っていう言い方」

呆れた態度を装ったが、杏は内心笑われずにすんでほっとしていた。

「高田杏の言う通り、このツイスト脚は飴を模している」

「えっ？　本当ですか？」

ヴィクトールは満面に笑みをたたえてうなずいた。椅子の話ができるだけで幸せという蕩け切った顔だ。彼はとにかく椅子至上主義。人に対して持つべき愛情と優しさを椅子に全部注ぎ込んでいるのかと思うほどに。

「バーリーシュガーツイストというデザインだよ。大麦……barleyで作られたねじり飴が由来になっているんだ」

椅子に恋する男は嬉々としながら説明してくれる。

「ツイスト脚には他にも色々な種類がある。糸巻き型のようなボビン・ターン、ロープ状のようなツイスト・ターン、二本ひねったようなダブル・ツイストとかね。贅と技をこらした作りなんだ」

「へえ……」

「これは一六〇〇年以降、つまりジャコビアン時代――イングランドのジェームス一世、チャールズ一世の時代に生み出された椅子だ。後期にはとにかくデザインが華美になってゆく。家具も建築もこうしたひねりのあるスタイルが好まれるようになったんだよ。でもこの時代は統治者がころころ変わるだろう？　ピューリタン革命後の護国卿クロムウェルの共和制、その後の王政復古。椅子にも揺れ動く歴史の痕跡がはっきりと残っているよ」

「そ、そうなんですか」

「初期デザインは質素だね。王政復古後、チャールズ二世の時代から周辺諸国の影響を受けて華やかになる。彼は親仏家でもあったからね」

ああ、ヴィクトールと椅子談話をするたび歴史の知識が試される！

（授業で学んだよ、ピューリタン革命、王政復古！）

頭の中で歴史の年号がぐるぐるする。

「椅子に使われる木材も、オークだけじゃなくてウォルナットが増える。これもフランスあたりとの交易が関係しているよ。バロック、ロココ時代は、ルネサンスを下地とした古典芸術をより劇的に開花させた。それでいっそう様々な文化が入り乱れ……って、なんだ、情けない顔をして」

だめだ、降参。

「私、正直に言うとバロックとかロココとか、全然見分けがつきません。というか、どれがどの時代か、ややこしくてさっぱり」

杏は今度こそ馬鹿にされるのを覚悟して白状する。学んだそばから忘れてゆく知識のひとつだ。

少しの沈黙。現役高校生のくせにこの程度も理解できないのかと呆れられたかも、と思いきや、ヴィクトールは頬に指を当てて思案の表情を浮かべている。

「じゃあ、わかりやすく説明しようか」

目が合うと、微笑(ほほえ)まれた。ちょっと楽しげな顔つきに変わっていて、杏は知らず知らずのうちに意識を奪われた。

「まず、十世紀前後の様式がロマネスク。このあたりは、あぁなんかとりあえず丸みがあってどしっとした重たげな様式の時代なんだな、と覚えておけばいい」

「えっ」

ざっくばらんな表現に、杏はぽかんとする。

「宗教色が強いんだよ。キリスト教のね」

ヴィクトールが笑みを深める。

「で、その次。およそ十二世紀からゴシック。今風に言うと、ゴスロリの時代」

「ご、ゴスロリ……」

「この時代は、そうだな、やけに細く尖(とが)ってるな、って印象の建物が多いと思えばいい。それと薔薇窓(ばらまど)などのステンドグラスの製作が盛んになった。女子ってああいう鮮やかな色付きガラス、好きだろ」

確かにステンドグラスってきれいだけれども。

「次、十四世紀あたりから、ルネサンスだ」

「ダンテ！　ダンテの時代ですよね」

これはさすがに覚えている。

「そう。前のゴシックが退廃的(たいはいてき)で黒々しかったり死を連想させたりしたものだから、今度は皆、もう暗いのはごめんだ、生まれ変わりたい、解放されたい！　と声を上げたわけだ。人類って新しいものに目移りしやすいよね。俺、それってどうかと思うよ」

「黒々しい……」

脳裏に浮かんだのは、レースとフリルがたっぷりのゴスロリファッションだ。

「死から再生へってね。ルネサンスはこの、〝再生〟という意味を持つ。ゴシックのほうは、ゲルマン民族の〝ゴート人〟からきているよ」

ヴィクトールは陽気な調子で続ける。

「その次、十七世紀前後がバロック・ロココ。ねじり飴の時代がやってきたね」

思わず笑ってしまった。「飴の時代」かぁ。

「芸術でいうならシェイクスピアにバッハかな。ちなみにバロックは〝真珠〟を意味する言葉から来ているという説がある」

なるほど。だんだんと解放的になり、なおかつ文明的にも多様化してきているわけだ。

「すごくわかりやすいです！」

杏は感動した。ロマネスクからゴシック、ルネサンス、バロック・ロココ――どしっとしたものからゴスロリ、ダンテ、ねじり飴。時代の移り変わりっておもしろい。

「ヴィクトールさんって親切ですよね。丁寧に教えてくれるし、いい先生になれそう。こういうふうに嚙み砕いてくれたらずっと聞いていられますもん」

ただし、彼が親切で辛抱強いのは椅子の話に限る。

笑いをこらえていると、ヴィクトールは意表を突かれたように目を瞬かせた。気のせいでなければ頰に赤みが差している。

「高田杏もその……、その髪型、ツイストドーナツみたいでおいしそうだし、いいと思うよ。ねじれ具合が椅子の脚と似ているよね」

「……え……そ、そうですか、ありがとうございます」

一瞬、なにを言われたかわからず、ぽかんとする。そういえば今日は朝から暑く感じたので、サイドを三つ編みにしてバレッタでまとめていたんだったか。

なんて残念な褒め言葉なのかと杏は本気で驚いた。たとえば、大人っぽいとか、おしゃれとか、他にいくらでも言いようがあるだろうに。

本当に彼は、才能と情熱を椅子だけに振り切っている。

(そんな甘さのかけらもない褒め方で喜ぶのは、全人類の中で私くらいしかいないと思うんですけど)

困った人だまったく——そう嘆息したあとで、待って喜んじゃうのか私⁉　と焦る。

「よかったら、ツイスト脚の椅子についてもっと俺と語り合う？」

「あ、いえ。それはもうじゅうぶんです」

「遠慮しなくていいのに」

嬉しそうなヴィクトールの表情を見るのは嫌いじゃない——が。

（無理。一日中椅子の話を聞くのは悪いけれど無理……）

想像するだけでもかなりきつい。

なにかうまくお断りできる方法はないかと視線をさまよわせたとき、いいタイミングでチリンと入り口の扉のベルが鳴った。お客様の来店だ。

「いらっしゃいませ」

杏は心からの笑顔で客を迎え入れた。


接客の苦手なヴィクトールがそそくさと店を出ていったあと。

嬉しいことに、やってきたのは前にも来店してくれた夫婦客——ただし今回は奥さん一人——で、その際目にしたサンプルチェアがどうしても忘れられず、旦那さんに内緒で買うことに決めたんだとか。

　彼女の求める商品はアンティークチェアを展示している「TSUKURA」じゃなくて、オリジナルチェアを置いている「柘倉」側にある。杏は「それではあちらのほうへ」と声をかけ、彼女に内部ドアから隣のフロアへ移動してもらった。

「靴を脱ぎ履きする時に座れるようなスツールがほしくて……」

　奥さんは照れたように言った。ふんわりしたボブヘアで、爽やかな淡いストライプのシャツがよく似合う。年齢は二十代後半か、もしかしたら三十代かも。少し垂れ目気味で、それが彼女を優しげに見せている。

「あぁ、このスツールです。かわいいですよね」

　目的のサンプルチェアの前で足をとめた奥さんがはにかむ。

　彼女のお眼鏡に適った椅子はシンプルながらもユニークなデザインのスツールだ。材質はウォルナット。あえて色ムラを残した塗りがオールド感を醸し出している。脚は太めで安定しており、錆加工を施した大きめの鋲が接続部分に埋め込まれている。

　この椅子で一番目を引くところといえば、座面の縁だろう。ビスケットのようなカットになっていて、これがまたかわいいのだ。商品名もそのままビスケット・スツール。座面自体は、正方形寄りの四角形だ。

「木製品って意外と高額なんですよね。それでずっと買おうか迷っていたんですけれど」

彼女の視線はサンプルチェアの上に置かれたカードに向かっている。気になるお値段は一万円。確かに迷う金額だと思う。ちょっと高いんだけれども、社会人ならまったく手が届かないというほどの金額じゃないわけで。

このスツールの製作者は、工房長の小椋健司だ。

「来月にボーナスが出そうなので、思い切って、えいっと買っちゃおうかなって」

「わかります、お客様。このお値段って少しの、えいっ、が必要なんですよね」

思わず力をこめて同意すると、奥さんが髪を耳にかけながら明るく笑った。

「そうそう。買える金額だな、ちょっと高いかな、でもほしいなっていう。本当、えいっ、ですね」

すごくわかる。あと一歩の後押しが必要な値段なのだ。この感覚は、たとえば惹かれた服やアクセサリーを前にして、だけどそれがほんの少し予算オーバーだった時と同じ。

杏たちはしみじみと共感し合った。女性の物欲は、夏の暑さにも負けない。

「色はホワイトとブラウン、ダークブラウン、ブラックの四種類ありますが、どれにいたしますか？　ホワイトとブラウンなら在庫がありますので、すぐにご用意できますが」

「ここにあるサンプルは二色だけですか？」

「ダークブラウンとブラックはカタログのほうに掲載しています。こちらは注文を承った後に製作に入りますので、お受け渡しまでにお時間をいただく形になりますが……」

「カタログを見せてもらうことはできます？」

「はい、ぜひご確認ください」

奥さんをカウンターへ案内し、テーブルに客用のカタログを広げる。

「うちは他の家具も白系が多いんで、その雰囲気に合う色を買いたいと思っているんですけれど。ブラウンもいいですね。でも二つもいらないし……」

お、これはもしかして？　と杏は内心期待する。複数買いしてくれるかもしれない。

金額が少し高めといっても、オリジナルの木製品なら妥当な値段だ。店で扱う商品の中では断然安価なほうでもある。

「座面が水平な作りになっていますので、ちょっとしたサイドテーブルとしてもお使いになれますよ。ソファやベッドの横に置きたいとおっしゃって購入されたお客様もおります」

「二つ並べるのもかわいいかも……、でもそうなると、合計で二万円……！」

「お客様、世の中にはイロチ買いという魅力的な言葉がございまして……」

「あーっ、だめ、夫に怒られる！　また散財したのかって呆れられる！」

「ホワイトとブラウンならこのままお持ち帰り、できますよ……」

イロチ買いの誘惑に一度も屈したことのない女性なんているだろうか？

ビスケット・スツールが安価に設定されて複数カラーを展開しているのも、イロチ買いを期待してのことだ。実際、その目論みはたびたび成功している。

奥さんはその後、二十分ほど悩み抜いたのち、ホワイトのみを購入していった。自家用車で来店したので発送手続きは不要。

「ありがとうございました。またどうぞお越しくださいませ」

と、見送ってから、むふふと杏は笑う。

(今の奥さん、近いうちに絶対リピしてくれる！)

一万という金額は魔物だ。少しの期間、なにかを節約したり他の物の購入を控えたりすれば手がとどく。そういう絶妙な金額だと思う。

ホワイトの在庫はこれでなくなった。展開の早い商品なので、念のために小椋へ連絡をしておいたほうがいい。

カウンターから工房に電話をかければ、ツーコールもしないうちに相手が出た。

「おう、もしもし。誰だ？」

どすの利いた低い声。つい「間違えました」と切ってしまいそうになるほど凄みがあるが、決して相手は恫喝しているわけじゃない。

「工房長ですか？　高田です、お疲れさまです」

「杏ちゃんか。どうした、なにかあったのか？　……まさか、またアレが？」

工房長の小椋が恐ろしげに尋ねた「アレ」とは、もちろん幽霊——ポルターガイストのことだ。杏は急いで「いえ、違います」と否定した。

「そ、そうか」という安心した声が返ってくる。スツールが売れた喜びに気を取られてすっかり忘れていたが、現在、店と工房の両方でポルターガイスト現象が頻発（ひんぱつ）しているんだった。

（私って能天気すぎない？）

同時に二つのことを考えられない自分の単純さに、内心落ち込む。

「アレじゃないなら、なんだ？」

「ビスケット・スツールのホワイトが売れたんです。工房のほうには在庫がまだありますか？」

基本的にこちらのフロアに並べているのはサンプルチェアだが、安価で回転の早い定番商品のスツールやチェアに関してはスキップフロアに在庫を置くことがある。ビスケット・スツールもそのひとつだ。ただ、在庫の有無は職人たちの作業状況によって変わる。注文が重なっている時はどうしてもそちらの製作にかかり切りになるので、在庫品を用意する余裕がなくなるのだとか。

「んあ？　そうか。白はもうこっちにもねえなあ。あぁそうだ、黒ならこのあいだ仕上げておいたのがあったな」

「あ、それなら私、台車で取りに行きます」

「いんや、いい。今からそっちへ行くよ。スツールっつっても、歩いて運ぶのは骨が折れるだろ。時間もかかるしな」

「え、でも」

彼の背後から「工房長、一人だけ安全な場所へ避難するつもりですか」「小椋さんひでぇ」という職人たちの非難の声が聞こえた。それに、うるせえ、と小椋が大声で返している。杏は子機を持ったままおろおろした。もしかしてまた工房でポルターガイスト現象が起きた？

「じゃあ、あとでな」

「はい」

通話を切ったのち、杏はカウンターに頬杖をついた。

ポルターガイスト現象の発生率は店よりも工房のほうが多い。こちらのほうが人の出入りがあるせいだろう。客の来店中にはまず起きない。起きたとしても、客は気づかない。

（どうしたらおさまるんだろ）

自然と溜息（ためいき）が漏れる。

見て見ぬ振りをしろというヴィクトールの忠告に逆らうつもりはないし、第三者を巻き込んではいけないという彼の言い分もよくわかる。が、その一方で本当に静観していていいのかという迷いが心の中に生まれるのも事実で。

（このままだと皆も仕事に集中できないだろうし）

とくに工房では椅子の製作過程で鋭利な刃物を扱うのだ。霊障に怯（おび）えて注意が散漫になり、事故を起こしてしまう恐れだってある。

そんな心配もあり、自分にできることがあるならなにかしたい、と思うのだが……。

（やっぱりキャットフードの缶を高級品に替えるか……）

カウンターに出しっ放しだったカタログに気づき、それを片付けながら杏は対策を練る。

近所のスーパーで売っているやつじゃだめだ、デパートまで足を伸ばそう。

（バイトの帰りに寄ろ）

よし、と軽く手をぱちんと合わせた時、電話が鳴った。工房からだろうかと思ったが親機のディスプレイに並ぶ数字は携帯電話のものだ。なら、客からの問い合わせか、取引先からか。

子機を取り上げ「はい、〝ツクラ〟です」と杏は接客用の声を出す。

「お忙しいところすみません、私、松本という者ですけど」

聞き覚えのある女性の声とその名前に、心の中で、あっと声を上げる。

忘れられるはずがない、電話の相手は前に一度来店した松本香苗という女性だ。ダンテスカの元所有者である松本陽介の姉。彼女はそれを祖母の形見の品だと主張し、弟が勝手に売り払ったことに納得していなかった。

「もしもし？」

こちらの反応がないことをいぶかしむ声。杏は慌てて「はい、松本様ですね」と応対する。

動揺を抑え切れず、じわっと背中が汗ばんだ。子機を持つ手にも知らないうちに力がこもる。

「もしかして、前にお話しさせていただいた女性の店員さんですか？」

「はい」

「ああ、よかった！　私のことを覚えていますか？」

「先月にダンテスカの件でご来店くださった松本様で間違いないでしょうか？」

「ええ、そうです。それで、どんな感じでしょう？　購入者の方と連絡を取っていただけました？」

杏は一瞬、口ごもった。こちらが購入者に連絡を入れている、という前提での問いかけのように聞こえたのだ。それが当然であるというように。しかし、店の信用問題にもつながる話なので、商品を取り戻すための購入者との交渉はできかねる、と彼女が来店した際にもヴィクトールがしっかり伝えたはずだった。

「大変申し訳ありませんが、当店からは購入者様に連絡を差し上げることはできないんです」

今度は彼女のほうが口ごもった。短い沈黙の中に、明確な怒りと苛立ちがあった。

「……でもあなた方って、つい最近私の生家を訪問しましたよね？」

杏は相手に見えないのをいいことに、渋面を作った。

彼女の指摘は正しい。正しいからこそ、困ってしまう。

（ヴィクトールさんがぼやいた通りかも）

素人が調査の真似事なんかするもんじゃない。事態を余計に複雑にしてしまう。

「はい、取引させていただいたお客様の声を当店のＨＰに掲載したいと思いまして」

松本陽介の家を訪問するための口実だ。その話が嘘にならないよう、松本家訪問後、暇を見つけてはHPを少しずつ更新している。

「でも、弟とあの椅子の話もしたんですよね？」

香苗は不信感と不機嫌さの入り交じった声で問う。杏が答える前に、彼女は早口で先を続ける。

「普段はめったに連絡なんて寄越さない弟から電話が来たんですよ。開口一番、余計なことをするなって怒鳴られました。私はただ祖母の椅子を取り戻したいだけなのに、ちっとも聞く耳を持たないんです」

「お客様には誤解を招くような真似をしてしまい、申し訳ありません」

罪悪感で胸がちくちくする。杏たちが松本家を訪れたのは、繰り返し発生するポルターガイスト現象の原因を調べるためだ。椅子を取り戻すために情報収集したわけではない。

「こっちだって祖母のピアノを断りもなく売ったことは許していないし……。あの子、勝手がすぎるわ。私が祖父の遺品を整理した時なんか本気で怒ってきたのよ」

いらいらとした口調で香苗が吐き捨てる。杏への不満ではなく弟に対する愚痴だ。

険悪の仲だというのは理解できるが、今の彼女の言葉を聞く限りではダンテスカの売却が姉弟の関係をこじれさせる直接の引き金になったようには思えない。もっと前から不仲だったんじゃないだろうか。

香苗は単に、ダンテスカを取り戻したいという思いだけで動いているわけではないのかもしれない。弟に対する意地のようなものも感じる。

しかしはっきり言わせてもらうなら、彼ら姉弟の仲がどんな状態であろうと店にはまったく関係のない話なのだ。肝心のダンテスカにしたって正当な所有者である陽介本人が査定と買い取りを依頼してきている。椅子を引き取ったこちらになんら落ち度はない。松本家を訪問した際にも、買い戻す気はないと陽介は明言している。

それに、ダンテスカは店で修理の手を加えている。買い取ってから展示するまでにひと月以上の余裕もあった。その期間に香苗から連絡をもらえていれば、修理費用などを負担してもらう形にはなるだろうが、店のほうでじゅうぶん対応できたのだ。

（という正論は、きっと香苗さん自身もわかっているか）

その上でなんとかならないかと頼まれている。正直、気が重い。

「だいたい、私は長女なのに。リフォーム費用は全額両親に負担させたくせに、自分が当たり前のように家をもらうつもりでいるんだから。おかしいじゃない、それ。なんで私に一言の相談もないのよ」

怒りが収まらないらしく、香苗の話が次第にずれ始めてきた。ここで口を挟めばなおさら彼女をヒートアップさせそうだ。

「祖母の形見をあれこれ売ったり捨てたりしたのだって身勝手な後ろめたさが原因じゃない。祖父の肩を持つのも、自分も同類だからでしょ。なのにいちいち理屈っぽくごまかして——本当、うちの男たちってずるいのよ」

「えっ、同類って？」

杏が問いかけた途端、香苗はぴたりと口を閉ざした。

怒りにまかせて余計な話をしてしまったと我に返ったらしい。

「……と、とにかく、私、どうしてもあの椅子を取り戻したいんです。もしも購入者の方の気が変わって売りたいという話になった時は、ぜひ連絡をください」

まずありえない「もしも」を早口で告げると、杏の返事もきかずに香苗は通話を切った。失言について深く突っ込まれたくなかったのだろう。

杏はしばらく子機を見つめたあと、深々と息を吐いた。

（同類って、なんの？）

あまりいい表現には聞こえなかった。香苗の軽蔑し切った口調と、その後に吐き捨てられた言葉がそれを裏付けている。

彼女の声音を思い出すと、口内に砂を含んでいるような気持ちになる。ざりざりとしていて、息苦しくなる。

不穏な感じで乱れ始めた感情を落ち着かせようと、杏はことさら丁寧な仕草で子機を戻し、背筋を伸ばした。ついでに、先日夏仕様に変わった店の制服の襟も直し、スカートの裾も払って、気持ちを立て直す。その時入り口の扉のベルが鳴り、緩衝材に包んだスツールを抱える大柄(おおがら)なつなぎ服の男が現れた。

「おう、持ってきたぞ、スツール」

男が杏を見て、くしゃりと笑った。白髪のまざったごま塩頭に無精髭(ぶしょうひげ)、首は太く、顎(あご)も四角く、体つきも逞しい。スツールを軽々と抱える二の腕にはこぶしのような筋肉がついている。プロレスラーか山をおりてきた熊のようだ。

「お疲れさまです」

と、杏は声をかけ、笑みを返した。このいかつい熊男こそが工房長の小椋健司である。

「スツール、上のフロアに運びます」

杏はカウンターの中から出ると、小椋に駆け寄った。

「いや、こいつは意外と重いだろ。俺が置いてくるよ」

そう濁声(だみごえ)で答え、のしのしとスキップフロアの階段を上がってゆく。

彼が横を通った時、ふわっと埃(ほこり)と汗のまざった臭(にお)い、そして熱気を感じた。視線で追うと、スツールを担(かつ)ぐ小椋のうなじが汗ばんでつやつやしているのがわかった。黒いつなぎ服を着込んでいることもあって、後ろ姿が本当に熊そっくりだ。

(あ、背中に木屑(きくず)がついてる)

杏は密かに微笑むと、バックルームに駆け込んで自分用のロッカーからタオルを取り出した。それを持ってまたフロアへ戻る。

（工房長も他の職人たちも、見た目は怖いけれど、作る椅子は繊細で素敵なんだよね）

これがギャップというやつかと杏は感じ入る。

スツールをスキップフロアに置いた小椋が「あっちいな」と溜息まじりにつぶやき、階段をおりてくる。そして床から三段目のところにどしりと腰かけた。

「気温、上がってきましたもんね」

杏は彼に近づき、タオルを差し出した。

「どうぞ使ってください」

「ん？　いやいや、若い子のタオルに汗をつけるわけには」

妙な遠慮を見せる小椋に笑いかけて、杏はその大きな手に「使うために持っているんですよ。頭か首に巻いてください」とタオルを握らせる。そのついでに段を上がって背中の木屑もぱぱっと払っておく。小椋はにたりと――本人的にははにかんだつもりだろうが――笑って礼を言った。

杏がこの頃タオルを複数枚持参するようになったのは、少し前に職人の雪路から「暑くなってくるとタオルが何枚あっても足りなくなるんだよなあ」と聞いたためだ。それと軍手もたくさん使うのだとか。

「で、どうだい。杏ちゃん。……まだこっちでアレは起きてねえか？」

タオルを首に巻きながら小椋が緊張した声を出す。

「今日はまだですね」

「そうか。杏ちゃん、強張(こわば)った顔をしているしよ、ひょっとしてアレのせいかと思ったんだよ」

「いえ、ちょっとダンテスカのことを考えていて——」

タオルを巻く手をいったんとめて、小椋が杏を見上げる。床におりた杏は立ったままなので必然的に彼より目線が高い。

「ダンテスカって、少し前に俺が修理した椅子だな」

そういえば雪路がそんなことを言っていたっけと思い出す。

「〝……人生を歩む半ばで、気がつけば私はそのまっすぐな道を失い、一人暗い森にさまよい込んでいた〟」

という小椋の唐突な口上に、杏は目を瞠る。

「今の、『神曲』ですか?」

なぜすぐに気づいたかというと、ヴィクトールからダンテスカについて教えてもらった日の帰り道、魔が差してその本を購入してしまったのだ。わずか三十ページで挫折(ざせつ)したけれども。

今小椋が口にしたのは「地獄篇第一歌(じごくへん)」の有名な出だしだ。

最初の一節くらいはさすがに覚えている。

「そうそう、それ。こいつはもともと喜劇として書かれてんだよ。『神曲』と名付けたのは森(もり)鴎外(おうがい)だっていうな。おりゃあ森鴎外なら『高瀬舟(たかせぶね)』が好きだねえ」

つい小椋を凝視すると、彼は額に深い皺を作って鬼のように怒れる顔――本人的には照れ隠しのつもりだろう気恥ずかしげな表情――を見せた。ひっきりなしに貧乏揺すりもしているが、この仕草だって苛立ちではなくただもじもじしているだけだろう。

「すまん。見栄を張った」

「えっ」

「俺は鴎外より倉橋由美子とか、もっと言やぁ森奈津子とかのほうが好きでな。人物がいきいきしていてよ、なんつうか、独特の個性があっておもしれえだろ」

「そ――そうですか」

挙げられた作家の書物を杏は読んだことがない。けれども、なんとなく雰囲気的なものは察しがつく。

（本が好きなんだ。人は見かけによらない）

そうか、その繊細な感性がビスケット・スツールにつながる……のか。

「いや、よくなぁ、離婚した妻にも、熊みたいな外見のくせに家にこもって読書に耽るなんざ男らしくねえと変な顔をされてな」

どうしよう、話が重い。しかもすでに離婚済みとか。杏は真面目にうなずきながらも内心激しく焦った。働き始めて間もない高校生バイトなんかにそういう大事な過去を打ち明けていいんだろうか。

「もう二十年近くも前の出来事だしなあ、今となっちゃあ笑い話なんだがよ。妻にゃあ浮気を疑われて家を出ていかれたんだ」

「浮気」

杏は引いた。前に来店した婦人からも浮気話を聞いているが、そちらと違って小椋のほうは『本格的』ないやらしい気配を感じる。返答によっては小椋を見る目が変わりそうだ。

「や、や。待て杏ちゃん。そんな汚いものを見るような目はやめてくれんか。俺は潔白だよ。そんな不義理な真似は誓って、してねえんだよ」

「じゃあ、奥様の勘違いですか？」

それがなぁ、と小椋は首に巻いたタオルの端でこめかみを拭き、目尻を下げて苦笑した。

「杏ちゃんにも同じ体験があるかもしれんが……俺は昔から得体の知れねえアレ――幽霊に付きまとわれていてよ。若い頃はなぜかそれが女ばかりでな」

「あっ、まさか」

嫌な予感がした。外れてほしい予感だ。

けれども小椋はふっと遠い目をして笑った。

「よそに女なんか作ってねえとどれほど訴えてもな、怒り狂った妻にこう金切り声をあげられるわけよ。嘘つき、いっつも外で髪の長い女を腕に張り付かせて歩いてるじゃないの、ってよ。誤解にもほどがあんだろ。一番の問題はな、俺自身には腕に張り付いているっつうその幽霊の姿が見えねえことだわな」

ぞわっと鳥肌が立ち、杏は必死に二の腕をこすった。

「工房長は、幽霊の気配はわかるけれど、目には見えないタイプですか？」

「この工房に来るまでは、どちらかといやぁそうだったな。めったに見ることはなかったぜ」

小椋の目に光がない。……つまり彼は、霊感体質の者たちに囲まれるようになって、さらにその嬉しくない能力がパワーアップしてしまったと。杏は本気で同情した。

「もとから読書は好きだったんだが、ま、そういう経緯もあってよ。なんとかせねばならんと思ったわけだ。で、女の心理ってやつを学ぼうと色々読み漁っているうちにさっきの本に行き着いたんだよ」

「強烈な経験ですね」

としか言えない。そんな凄まじい過去があるなら、幽霊に怯えまくるのもうなずける。

「大丈夫です、工房長。今は誰も腕にくっついていません！」

安心させようと杏は力強く言い切った。小椋が目を丸くする。それから目尻にくしゃっといくつも皺を作って豪快に笑った。

「ありがとよ」という彼の言葉にかぶせるようにして、カウンターの電話が鳴る。杏は、小椋に頭を下げると、カウンターに駆け寄って子機を取り上げた。

「はい、〝ツクラ〟です」

と、お決まりの言葉を口にした直後。ぽろん、ぽろろん、とピアノの音が鼓膜(こまく)を震わせた。

(これって――)

杏は硬直した。風邪を引いた時のように耳の奥がキーンとなる。頭が膨張(ぼうちょう)したかのような不快な感覚にも襲われた。

『そばにいて』

『ここにいて』

『いつも見てる』

囁き声が、耳を撫でた。生ぬるい吐息すら感じた。

足首に、さわわっとなにかが触れた気もする。

杏はとっさに通話を切った。

階段から腰を上げていぶかしげにこちらをうかがう小椋へ、とっさに取り繕(つくろ)った笑みを向ける。唇が不自然に引きつっているんじゃないだろうか。うまく笑えている自信がない。

「間違い電話でした。すぐに切られちゃった」

「そうか?」

作り笑いはそこまでおかしくなかったらしく、小椋はそれ以上追及してこなかった。ちょうど客が入ってきたこともあり「じゃあな」と手を振って慌てて店を出てゆく。自分がこの場に長居をすると客が怖がって逃げてしまうと案じたのだろう。

杏は「いらっしゃいませ」とにこやかに応対しながら、震える指先をぎゅっと握り込んだ。


珍しく——というのもなんだが、午後に入ると、店に客の出入りが増えた。

親子連れや若い女性客、冷やかしの年配客、雑貨店と間違えて入ったらしき学生客、それから小学生くらいのかわいい客。様々な年齢層の客が入れ替わり立ち替わり現れる。観光客らしき外国人も来た。

「椅子だけじゃなくて、テーブルとのセット販売はしてないんですか？」

客によく投げかけられる質問が、これ。

その問いに対する返答にも、杏はもう慣れた。

「当店では椅子のみ販売しています。その代わり、ひとつ信号を挟んだ通りにある家具工房と提携(ていけい)しています。そちらにいくつか、テーブルに合わせたサンプルチェアを置かせてもらっているんですよ」

そちらの工房とは町の美術館で合同展を開催したことをきっかけに、交流が生まれたそうで。大都市で開催されるような規模の展示会とは異なるため、大幅(おおはば)な売り上げ増加にはつながらないが、この地域の新聞社が主催したこともあって一応は注目を集めたという。新聞でもそれなりに大きな見出しになったとか。

オリジナルチェアのほうに限定されるが、商品の材質や耐久性、経年変化、手入れの仕方などといった基本的な質問についてなら杏でも対応できるようになっている。店番の合間に少しずつ覚えたのだ。より詳しい説明を求められた場合はさすがに応援が必要になるけれど。

小椋に運んでもらったばかりのビスケット・スツールはすぐに売れた。子供部屋に置きたいという夫婦客が、ブラウンとセットで購入していった。その他に室井作のコスモスチェア、チェリー材の一枚板で作られた室内用ベンチ、ナラ材のアームチェアの予約が立て続けに入った。職人たちが余った木材で作るカトラリーもいくつか売れた。

一方、アンティークチェアのほうは、さっぱりで。やはりそちらのほうが、値が張るため、即決での購入が少ない。

店番は基本的に杏一人だ。雪路が一度様子を見にきてくれたが、すぐに客の目を避けるようにして工房へ戻っていった。

そうして忙しく客の対応に追われるうち、不吉な電話に対する恐怖も薄れていった。

一息つけたのは、夕方になってから。

予約表に間違いがないかチェックし、レジスターにしっかり鍵をかけたのち、客が動かしたサンプルチェアの位置を直す。念のため、汚れがないかも確認する。

いったん「柘倉」側の扉を閉めて「TSUKURA」側へ移動し、椅子の配置換えも行った。ヴイクトールが明日、修理を終えた椅子を持ってくると言っていたためだ。
「柘倉」側に戻ったあとは、再び扉を開放する。

「早くバイト代たまらないかなあ……」

サンプルのロッキングチェアを軽く揺らしながら、杏はぽつりとこぼす。サクラ材で作られたナチュラルな色合いのこの椅子が、杏の本命だ。あと半年バイトをがんばって貯金をいくらか足せば、椅子を購入できる金額に到達する。

がんばろ、と口内でつぶやき、バックルームにしまわれている箒を手にして外へ出る。

この季節、まだまだ空は明るい。まばゆさに目を細めつつストッパーを外し、入り口の扉を閉めて、店の前を掃く。なにしろ自然の多い町だ。至るところに木々が立ち並んでおり、放っておくと落葉がたまるため、こうして定期的に片付けなきゃならない。秋になれば、がさがさと音が響くほど葉が降るんだとか。大変だ。

引っ越す前は人口の多い都会的な町に住んでいたので、音が聞こえるほど落葉が降るという状態が想像つかない。ちょっとだけ秋が来るのが待ち遠しい。こういう考えは、子どもっぽいだろうか?

掃除の手をとめて、杏は周囲を見回す。店の両隣には立派な銀杏の木。……といっても銀杏しか生えていないわけじゃなくて、近くには他の広葉樹も見られる。

これは店の裏側にある駐車場も掃いたほうがいいかも。

集めた落葉をビニール袋に入れ、それを持ったまま杏は駐車場へ移動する。思った通り、こちらにも落葉がいくらか散っていた。

しばらくの間、ざざっと箒で集める作業に集中していたが、ふと動きをとめて耳を澄ます。

「――」

足音がまざっていなかっただろうか？　落葉を掃く音の中に。

そしてそれはまっすぐに杏のほうへ近づいてこなかったか？

杏は数秒固まったのち、ゆっくりと視線を上げた。よく晴れた日で、遠くからはトラックのバックする音、それと、車の走行音が響いてくる。時折、チチッと小鳥の鳴く声も聞こえた。要するに、静けさを強調するような音しかここには存在しなかった。

気のせいか。杏は視線を戻し、また箒を動かす。風が通り抜けて、足元に置いているビニール袋ががさがさと鳴った。やっぱり足音は気のせいだったようだ。

――けれども、誰かに見られている。

それも、後ろから、覗き込まれているというほどの至近距離で。

軽く目眩がした。嫌な酩酊感だ。杏は冷や汗が滲む額を荒っぽく手の甲で拭うと、急いでビニール袋を持ち上げ、振り向かずに足早に駐車場を出た。心臓が恐怖で縮み上がっているような気がした。

（どうしよう、怖い）

振り向いたらだめだ。後ろに、なにかいる。絶対にいる。ずっとずっと見られている。

杏は急いで表のほうへ戻り、店の中に駆け込もうとした――その瞬間、ちょうど店から出ようとしていた客とぶつかりそうになった。

「危ないわね！」

杏を見下ろすと、客はむっとした様子で吐き捨てた。

五十代の、長いウェーブヘアの女性だった。口紅の剝げかけた赤い唇が意地悪そうに歪むのを杏は見た。我に返って「すみません」と頭を下げる。

「あなた、ここの店員？　客ほったらかしてなにサボってんのよ」

「お待たせして申し訳ありません、すぐに――」

「もういいわ」

女性客は、再び謝罪しようとした杏を押しのけて去っていった。

どうやら杏が駐車場へ回っている間に来店したらしいが、誰もいないことに痺れを切らしてしまったようだ。

（でも、私が駐車場側にいたのはせいぜい五分程度だ）

いや、時間の問題じゃない。お客様を待たせたのは事実だ。

そう思う一方でまた「でも」という言葉が頭に浮かび上がってくる。

（ベルの音、聞こえたっけ？）

それに、入り口の扉は閉めてきたんじゃなかっただろうか？　ドアストッパーを外したはずだが、そのあたりは流れ作業だったので、はっきりと覚えていない。

口元を手で押さえ、ちらりと入り口の扉を見やる。施錠（せじょう）したというのは自分の勘違いだったのか、ストッパーは、開かれた扉の下にしっかりと挟まっている。

杏は、深く息を吐いた。

微睡（まどろ）む寸前のようなくらくらした感覚がまだ去らない。

7

閉店時間は十八時半。

でも、客の出入りが途絶えているようだったら、十八時の段階でクローズすることもある。

今日はそういう日だったようだ。オーナーのヴィクトールが十八時を少し回ったあたりで店に現れたのだが、赤い口紅の女性以降は誰も訪れていない。そのぶん、午後の早いうちに人が入っている。

店を閉めるのはヴィクトールの仕事だ。彼が不在の時は雪路(ゆきじ)が代わりに鍵(かぎ)を持ってくる。

ヴィクトールは、カウンターにいた杏(あん)と視線を合わせるなり顔をしかめた。

「なにがあった?」

変なところで勘の鋭い人だ。

「今日は——私がここで働かせてもらうようになってからお客様の来店が一番多かったかもしれないです。注文も複数入ったので、雪路君たち、この夏は忙しくなりそうですね」

杏は短い躊躇(ちゅうちょ)の末、当たり障(さわ)りのない返事とともに予約注文表を張り付けた業務日誌とレジの鍵を彼に手渡した。落葉掃除の時に感じた不吉な視線を思い出すと身が震えそうになるが、あれが現実かどうか、自分でもまだ決めかねている状態だ。わざわざ正直に報告する必要もないだろう。

もともと霊感を持っていなかったというヴィクトールは幽霊話全般が好きじゃないようだし、ダンテスカの件で探り回ることについても否定的な態度を示していたのだ。

本人は隠したがっているけれどけっこう怖がりなところもあるようだし……、という気遣いも含んだ返答のつもりだったが、彼は一瞬ぴりっと目元を厳しくした。

「ふうん……。君、先に上がっていいよ。俺はレジの点検をしていく」

「はい、じゃあお先に失礼します」

ヴィクトールは、杏の代わりにカウンターの内側へ入り、渡した日誌をレジの横に置く。

そっとうかがうと、少々口角が下がっているのがわかる。

(不機嫌にさせちゃったみたいだ)

どうやら杏が正直に答えずなにかをごまかした、と気づいたらしい。なんとなくだが、彼は内容云々より隠し事をされたことに対して腹立たしさを感じているように見える。

(でも一度ごまかしておきながら、今さら切り出すというのも気が引ける……)

失敗したなあと胸中で反省しつつ杏は頭を下げ、バックルームへ向かった。すばやく着替えをすませ、レジのお金を数えているヴィクトールにもう一度「失礼します」と声をかける。彼はちらりと杏を見やると「また水曜日に」とぶっきらぼうに言葉を投げてきた。

外へ出て、扉のノブに下げているサインボードをクローズ側に引っくり返してから、杏ははたと気がついた。無意識に店を振り向く。

(ヴィクトールさんが、私のバイト日をようやく覚えてくれた)

ちょっと感動する。彼ははじめの半月、店で顔を会わせるたびに「ところで名前はなんだっけこの子?」という表情を見せていたくらいなのだ。会話をする間に、あぁそういえばこの子の名前は確か……、と思い出していた様子だった。

杏は知っている。彼が皆をフルネームで呼ぶのはすぐに忘れる自覚が多少なりともあるせいだと。ひどいオーナーもいたもんだ、と笑いがこみ上げてくる。

(お客さんが来ると逃げたそうな素振りを見せるし、椅子にしか興味ないし、女性の褒め方も下手すぎるし)

彼がそういう癖の強い性格をしているせいか、バイト日を覚えてくれたというだけで嬉しくなってしまう。あれだ、日頃排他的な人間からたまに優しくされると、普通の人からそうされた時以上に心が動かされるっていうか。あるいは、近づくたびに警戒して毛を逆立てていた野良猫がとうとう自らすり寄ってきた、という時のような感動に近い。

そんなことを考えてにやにやしながらデパートへの道を辿る。太陽はもう人工林の向こうへ滑り落ち、宵の暗さをまじえた茜色の光が町全体を包んでいる。この時刻に落ちる影は濃い。

杏は肩にさげているトートバッグの位置を直すと、なんとなく自分の足元に視線を向けた。サンダルの踵が、かぽ、かぽ、と一歩進むことに音を立てる。

（この靴、かわいいけれど少し歩きにくいな）

バイト中は制服着用で、それに合わせたローヒールの黒い靴を履くのだが、行き帰りの恰好は自由。このサンダルはつい先日購入したものだ。

見下ろすうち、また新たな笑いがこぼれる。青い色を選んでしまったのは、前に体験した幽霊サンダル騒動が頭によぎったせいだろう。杏が「TSUKURA」でバイトをするきっかけを作った騒動に一役買ったサンダルと、同じ色だ。

あれは本当に忘れられない経験となった。道端に、シンデレラみたいにころりと片側の靴が落ちていたのだ。履きたいという誘惑に抗えず、ついそれに足を入れたら、突如駆け寄ってきた女幽霊に杏自身のサンダルを盗まれ――そして追いかけた結果「TSUKURA」に辿り着いたのだった。

そこで意図せず勃発した幽霊ジャッジによる、二千円の青いサンダルVSヴィクトール製作の一万五千円のシンデレラ靴対決。軍配は杏のサンダルに上がった。あの時のヴィクトールの顔ったら。今でも彼はその敗北を恨みに思っている節がある。

かぽ、かぽというのどかなサンダルの音を聞くうち、ふっと噴き出しそうになり、杏は慌てて口元を押さえた。道端で一人笑う怪しい女子高生にはなりたくない。でもこのサンダルは歩くたびに間抜けな音がする。

かぽ、かぽ、——とっ、とっ。

杏は足をとめた。と、とっ、という音も、遅れてとまった。

笑みが奇妙に顔に張り付いたままで固まる。

あ、まただ。

(後ろに誰か——いる)

誰かが杏の背中に張り付くようにして立ち、顔を覗き込もうとしているような——。

ぐるんと身体が回るような、嫌な目眩に襲われる。

よろめいた瞬間、なにかが足首を撫でた。風とは違う。さわさわとさするような、くすぐったい感触だ。同時に、にゃあ、と猫の声が聞こえた。ぺろりと頬を舐める感触もあった。

杏はぎゅっと目を瞑ると、思い切って身体ごと振り返った。そのまま勢いよく走り出す。

五歩ほど進んだところで転びそうになり、慌てて瞼を開く。銀杏の木に囲まれた煉瓦倉庫がすぐに視界に飛びこんできた。店からまだいくらも離れていなかったためだ。

日没前の、宵の暗さも含む激しい茜色に照らされた店の壁は、真っ赤に燃えて見えた。それでいて濡れているような輝きもあった。先ほどまでのどこか弾むような楽しい気持ちはとっくに消えており、その代わりに、深いところから恐怖が這い上がってくる。

ふと脳裏に、ヴィクトールの姿が浮かんだ。救いを求めるようにして杏は扉に駆け寄った。

その直後、ぷちっと足元で音がした。サンダルのストラップのボタンが外れたと気づいたのは大きく身体が傾いだあとのことだった。

とっさに転倒を防ごうと、両手を扉に向かって突き出す。バンという派手な音を立てて、手のひらで扉を叩いてしまった。その衝撃で手のひら全体が痺れ、骨まで響く。なんとか勢いは殺せたが、ストラップの外れた側のサンダルが足からすぽっと抜けたせいもあって、立っていられなくなり、その場にしゃがみ込んでしまう。

(まだ見られている……!)

杏は、転がっているサンダルを引っつかみ、立ち上がった。身体をぶつけるようにして扉を開き、店内へと駆け込む。

カウンターから出ようとしていたらしきヴィクトールと目が合った。彼は唖然とした様子で杏を見ていた。

杏も荒い息の下、見つめ返した。彼の瞳の奥に戸惑いと驚き、恐怖のかけらがちらついているのがわかった。

そりゃあ驚くだろう。いきなり扉が外からバンと叩かれたと思いきや、なぜかサンダルを片方握り締めた必死の形相の高校生バイトが飛び込んできたのだ。

杏はほんの少し冷静になり、自分の姿に意識を向けた。走ったりよろめいたりしたせいでバレッタの位置がずれ、髪も乱れている。トートバッグも肩からずり落ちかけている。

顔が歪みそうになった。ひどい恰好だ。誰にも見られたくないほどひどい。とくにこんな、立っているだけで絵になるような美しい男に見られるなんて最悪だ。本当に最悪。

しばらくの間言葉もなく見つめ合ったあとで、杏はサンダルを摑む手にぐっと力をこめた。

「――あの」

と呼びかけると、ヴィクトールが息を吹き返したように忙しなく瞬きをする。

杏は、乾いていた唇を舐め、次の言葉を絞り出そうとした。なにを言おう。思っていることを全部、正直に伝えてしまってもいい？　猫缶を高級品に変えるだけじゃだめかも、もっと本格的にお祓いをしないと。今日だけで何度もおかしな出来事が起きたんです。心の疲れや気の迷いという言葉だけじゃごまかせないような、不気味な現象が――。

「私、ロッキングチェアの、予約したくて……その、お願いするの忘れていたから、慌てて戻ってきました」

しかし自分の口から飛び出したのは、今の状況とはまったく関係のない言葉だった。

ヴィクトールが瞬きをやめ、小首を傾げる。感情の読みにくい顔だ。

「サクラ材のロッキングチェア。ほしいなって。半年後……くらいにお金が貯まると思いますので、今のうちに予約注文しておきたいんです」

「それは――いいけれど」

ヴィクトールの視線がフロアをさまよい、ロッキングチェアのサンプルのところでとまる。

「君のほしがっているチェアは、小椋健司の作品だな。伝えておくよ」

「ありがとうございます」

「でも、なんでサクラ材のほう？」

「なんでって……」

「取引中の材木屋が扱っているから、道産のサクラ材を多少は安く仕入れられる。けれど、ナラ材のほうだったらもっと安くなるよ。五万近く違ってくるし、高校生の君にとっては大きな額じゃない？」

「そ……そうなんですけれど。サクラ材が、好きで」

「ふうん。まあ、わかるよ。加工段階ではもう匂わないけれど、切り倒したばかりの山桜はいい香りがする。他の木々とはちょっと違うよね」

　ヴィクトールは小さく笑った。

「経年による色の変化も独特だ。年月とともに美しい飴色に変化する北米産のチェリー材とは違って、中途半端に黄ばんだような風合いになる」

「色褪せた本みたいな……？」

「ああ、そう。それ。うまい言い方だ。その黄ばみにためらう人も多いけれどね、俺は優しい感じがして好きだよ。古本に独特のよさがあるのと同じだ」

「はい、私も、好きです」

「今から予約しておくのは正解だと思う。ロッキングチェアの製作には熟練の技術が必要でね、完成までに時間がかかる。小椋健司はうちで一番注文が入っているし……」

　ヴィクトールはくるりと背を向けると、カウンターに戻って業務日誌を開いた。杏もつられてふらふらとそちらへ近づいた。片方だけ素足だ。ぺたぺたと音を立てないよう、そちら側の足はつま先で歩く。

(それにしてもこの人って、椅子の話になると他の全部が気にならなくなるんだな……)

　普通の人なら椅子の話を続ける前に「どうした、なにがあったんだ?」くらいは聞きそうなものだ。でもそうされたら自分は――きっと力が抜けてしまい、身も蓋もなく泣き出していたかもしれない。そんなふうになるのは嫌だな、とちらりと頭の片隅で思う。だからヴィクトールがいつもの変人ぶりを見せてくれて、むしろよかったのだ。

「……今の予約状況なら、ぎりぎり半年後に仕上げられそうかな。でもまあ、安心していいんじゃない?　君の予約ならきっちり間に合わせてくれると思うよ」

「そうでしょうか?　……よかった」

　杏は深く息を吐いた。業務日誌のページを開くヴィクトールの指の動きをじっと見る。男らしくて大きな手だ。指先は、問答無用でハンドクリームを塗りたくりたくなるくらい荒れている。清潔感があるかどうかといえば、残念ながらそうじゃない。でも、決して不潔でもない。それは他の職人も同じだった。杏と同い年の雪路でさえ爪が割れていたりする。木材は意外と重く、爪が弱いと持ち運びするだけでも割れてしまうのだという。

「あの、それじゃあ、予約お願いします。次のバイトの日に私も工房長に伝えます」

杏は勢いよく頭を下げて、「お先に失礼します」と挨拶した。先ほど味わった恐ろしさはまだ完全に拭えていないが、これ以上なにを話していいかわからない。ここに残りたいという切実な思いを振り切るため、杏はくるりとヴィクトールに背を向けた。

（大丈夫、こんなの慣れっこだ）

今までに何度も霊障を体験している。そのたび一人で耐えてきたのだ。今回だって大丈夫。店を出てサンダルを履き直したらデパートまで全力疾走すればいい。もしその途中で再び不吉な出来事が起きたとしても、今度は見て見ぬ振りをする。

「高田杏、待て」

「は、はい」

入り口の扉に向かおうとして、ヴィクトールに硬い口調で呼び止められる。怖々と振り向けば、日誌を閉じたヴィクトールがこちらに近づいてきた。

「君はそんなに俺を追いつめたいのか。これだから人類は」

「え……なんの話ですか？」

彼は杏のそばまで来ると、こんこんと靴の先で床を打ち、責めるような視線を寄越した。

「わざとだろう。そのサンダル。わざとじゃなきゃ、青い色のサンダルを選んで履いてくるはずがない。これ見よがしに俺に敗北を悟らせようとしている」

杏はしばらく呆気に取られた。彼の言葉を理解した直後、声を上げて笑いそうになり――急いで表情を引き締める。

ヴィクトールもこの青いサンダルを見て、前に体験した幽霊騒動を連想したのだ。

「処分したい」

杏の手にあるサンダルを、ヴィクトールは苦々しげに睨みつける。

「俺のために、今すぐその不愉快な色のサンダルは埋めたほうがいい」

「どこに埋める気ですか」

とんでもない提案をする人だ。

「あの時のサンダルよりも、これ、高いんですよ！　五千円です」

「ふざけているのか、君は。どちらにせよ俺が作った卵殻細工の靴より安いだろ！」

こらえ切れず、杏は笑った。ヴィクトールの悔しそうな表情に、なんだかかわいげを感じる。

「高田杏はこんなに俺を翻弄して、いったいどうしたいんだ」

彼は怒りながらも杏の手首を掴み、カウンターに近づいた。客用の椅子のひとつに杏を座らせる。呆気に取られる間に、肩からずり落ちていたトートバッグと、ついでに手の中のサンダルも奪われた。

「あの、ヴィクトールさん」

杏の戸惑いを、彼は無視した。奪ったトートバッグをカウンターの上に置くと、憎々しげな態度でサンダルを矯めつ眇めつ眺める。

（まさか本当にどこかに埋める気……ではないと信じたい）

杏ははじめこそぽかんと成り行きを見守っていたが、次第に頬が赤らんでくるのがわかった。走っている間に汗もかいたし、汚れだってついているかもしれない。素足で履いていたサンダルなんてじっくり見てほしいものじゃない。

「か、かっ……」

返してください、と言おうとしたが、うまく言葉にならなかった。

ヴィクトールが突然、杏の前に跪いたのだ。

ええっ‼　と叫びそうになるのはなんとか耐えたけれど、汗が一気に噴き出すのはとめられない。

「ストラップはとくに壊れていないようだよ」

「そ、そっ……」

そうですか確認ありがとうございます、でももう色々とつらいので返してください、という言葉も最後まで言う前に喉の奥へと落ちていき、杏は大きく咽せた。

ヴィクトールがためらいなく杏の足首を摑む。うえっ、と変な声を上げてしまったが、彼はまったく取り合おうとしない。なにかを確かめるように足首を軽く握る。彼の指先が、足の裏に付着していたらしい汚れをさっと拭(ぬぐ)う。

そこまでの流れを、杏はほとんど恐怖に近いような羞恥心(しゅうちしん)を抱(いだ)きながら見つめた。

彼はとても高貴な下僕のように、丁寧に指で杏のつま先をサンダルの中に押し込んだ。足首にストラップを回し、ちょっと身を傾けてボタンをぱちりととめる。

（……せめてっ、ペディキュアを塗った時にしてほしかった!!）

足の爪を整えたのは何日前だったっけ!?　やすりできれいに磨(みが)いておけばよかった、ふくらはぎのマッサージもしておけばよかった!!

杏は必死に歯を食いしばってこの羞恥に耐えた。これは現実にやられると途方もなく恥ずかしい。ヴィクトールの容姿がはまりすぎているのでなおさらだ。

撫でるのにちょうどよさそうな位置に、ヴィクトールの頭がある。見下ろす角度にある彼の顔がまた胸を打たれるくらい美しくて、どうしていいかわからないような気分になる。彫りが深く鼻も高いが、大仰(おおぎょう)な造作に見えないのは彼の髪の色が淡くて肌も白いせいだろうか。人を黙らせる力を持った美しさだ。百年以上を生きるアンティークチェアがよく似合う。

杏は知らず息を詰めた。もしも今、睫毛(まつげ)の動きまでわかりそうなこの距離で目を合わせられたら、たぶん心臓は大打撃をくらう。

そんな予感があったから、ヴィクトールが視線を上げる気配を察した時、杏はすばやく横を向いた。それでも視界の端にライトの下でちらちらと輝く髪の色が映(うつ)ってしまい、痛みを感じ

るほど鼓動が高鳴った。

「足首も痛めていないようだ」

いつもの淡々とした声音で告げると、ヴィクトールはすっと身を起こした。杏の動揺には気づいているだろうが、見ない振りをしてくれるらしい。

からかわれずにすんでほっとすると同時に、ちくりと胸に小さな棘が刺さるのを杏は感じた。平然と人の好意を流せるくらい、彼は異性との接触に慣れている。慣れていなければ、こうした真似はできない。そもそも杏は、彼から見てきっと「子ども」だ。知らぬ相手ではない「子ども」の面倒を気まぐれに見てやったという、ただそれだけのことなのだ。

（あー、なんか落ち込んできた？）

恥ずかしさはそのままに、気分がぐっと沈んだ。

「ツイストが乱れている」

ヴィクトールが立ち上がったことで、目線の高さが逆転した。彼の視線は杏の髪に向けられていた。

遠慮なくバレッタを外そうとするヴィクトールの手を、杏は慌てて押し戻す。

「だ、大丈夫ですから。それにヴィクトールさんは編み込みとか三つ編みってできるんですか」

「ラタンの四つ目編みとどちらが難しいんだ？」

ラタンとは、アジアン家具でよく見られる材質だ。椅子ひとつとっても木製のものより軽量に仕上げられる。

「すみませんが私の髪とラタンを同列にしないでくださいね。そんな強度は私の髪にありませんからね」

「君、知らないのか？　昔、女の髪で椅子の座面を編み上げた職人がいるんだよ」

「一気に怖い話になってきたのでやめてください」

（これは意識的にこっちの動揺を流そうとしているわけじゃないな……）

ヴィクトールは本気で言っている。椅子愛が重い。

なんとも言えない気持ちになりながらも杏は椅子をおりようとした。すると、ヴィクトールにとめられる。

「ひょっとしてこれからキャットフードを買いに行くつもりだったんじゃないか？」

「え……はい」

やっぱりな、と言いたげな目つきをされた。

「スーパー？」

「いえ、デパートまで足を伸ばそうかと思っています」

でもなぜ猫缶を買いに行くとわかったんだろう。

驚きの目で彼を見れば、澄ました表情を向けられる。

「高田杏って感情が表に出やすいタイプだよね。キャットフードを高級なものに変えてみたらと言ったのは俺だけど、疑いもせずそうしようと考えるんだものな」

……単純、って言われた気がする。

「少し待って。車を出す」

杏は戸惑った。

「車？　……デパートまで乗せてくれるんですか？」

ヴィクトールはむっとすると、杏から視線を逸らしてカウンターの内側へ戻っていった。集金袋をカウンター下の金庫に入れ、手早くテーブルの上を片付ける。

「霊障は店の問題だろ。高田杏が自費で購う必要はないよ」

「でも、キャットフードを買い替えても、効果はあまり期待できないんですが……」

何日かお供えしても効果が見られないようならクラスメイトに猫を飼っている子がいるので、彼女に渡してもいい。その程度の軽い考えだったのでとくに負担にも感じていなかったのだ。

「高級品といっても、何千円もするわけじゃないですよ」

「金額は関係ないだろ」

ヴィクトールは意外に真面目なところがある。

「そうですか。じゃあ、お願いします……」

彼が一緒に来てくれるのなら、再び霊障が発生したとしても恐怖に飲み込まれずにすむ。ここは素直に彼の言葉に甘えよう。

杏はそう決めて肩の力を抜いた。

にしても、必要な代金を杏に渡せばすむ話なのに自ら送ってくれるなんて。これってヴィクトールなりの気遣いではないだろうか。

帰路でなにかが起きたことは、杏の姿からして一目瞭然だったろう。猫缶の話は杏を一人で帰らせないための口実なのでは？

「……髪の毛をバックルームで直してきますね」

また熱がぶり返した顔を見られないよう、杏は急いで椅子からおりた。

「その前に顧客名簿を出しておいて。チェックしたいところがあるんだ。――なんで顔を赤くしている？　君って時々意味不明な態度を見せるよね。さっきも俺に靴を履かせられて、やけにうろたえていただろう。変な真似をしたわけじゃないんだから、いちいち照れないでくれるかな」

「……」

こういう人だ、ヴィクトールって！　彼にまともな反応を求めてはいけない！

8

七月上旬には期末考査が待っている。

そのため試験前の一週間は、バイトを休ませてもらうことにした。すでに将来を見据えて工房に出入りしている雪路は試験前でも休まないという。

(でも成績は私より上なんだよね……)

雪路曰く「成績を下げると工房通いを親に許してもらえなくなるので、仕方なく勉強している」のだとか。仕方なくでA評価を取れるなんて、羨ましいったらない。

そういうわけで、月曜日の下校後。

この一週間は、今までほったらかしにしていたテスト勉強に集中するため、どこにも寄り道せずまっすぐ帰宅する予定だったが――。

(店に来てどうするんだ、私)

気がつけば足が「栢倉」に向かっていた。

リュックの中の参考書と教科書が重い。早く肩から下ろしたい。少し店で休ませてもらえると嬉しい。

が、今日はいったい誰が店番をしているんだろうか。サインボードはオープン側に引っくり返されているが、扉は閉め切られている。試しにノブを引いてみたものの、しっかり施錠されていて開く気配はない。

(今日は臨時休業?)

少々残念に思いながら、念のためにともう一度ノブを摑んだ時だ。

「あ、やっぱり杏か」

後ろから声をかけられ、杏は驚いた。振り向くと、自分同様、リュックをさげた制服姿の雪路が立っている。杏たちの学校で指定されている制服の色はグレーだ。夏季の今はブレザーを脱いで白いシャツに薄手のベストを合わせる。ネクタイは必ず着用することという校則があるが、男子は大抵、暑苦しいからと言って下校後に外してしまう。

雪路もそうするうちの一人らしい。ズボンのポケットにねじ込んだネクタイの先がちょんと飛び出ている。ついでにベストも脱いでしまっている。白いシャツが爽やかで眩しい——はずが、ただものではない雰囲気を漂わせる容姿のおかげで、どう見ても不良としか思えない。それも、暴力的な一匹狼タイプじゃなくて、密かにジャックナイフでもポケットに忍ばせていそうな冷酷タイプの。実際にポケットに詰め込まれているのはネクタイだけれど。

「どうして店に?　バイト日じゃないよね?」

不思議そうに問われ、杏は愛想笑いを浮かべた。

「うん。そうなんだけれど……ほら、最近、店と工房でアレの発生が多いでしょ。なんか気になっちゃって」

「あぁ、アレね……」

ポルターガイスト現象は、杏たちの間でこの頃「アレ」という呼び方が定着しつつある。

それと同様に、というのも微妙だが、最初は礼儀正しく「高田さん」と雪路から呼ばれていたのに、いつの間にか「杏」と下の名で気軽に声をかけられるようになっている。

(たぶんこの前、一緒に神社へ行ってお守りをもらったことが、懐かれるきっかけになったんだろうなあ)

内心しみじみする杏を横目で見ながら、雪路がノブに手をかける。

「今日は俺とヴィクトールしかいないんだよ。小椋さんと武史君は山に行くって言っていたから」

「武史君」とは、室井のことだ。雪路は彼と仲がいいらしい。が、あのヤクザみたいな容姿の彼を同級生のように君呼びするというのもすごい話だ。

「武史君はああ見えてお坊ちゃんなんだ。もともと町の地主みたいな家の生まれでさ。祖父の代には土地をずいぶん切り売りしたっていうけれど、それでもまだ山を所有しているんだよ。そこで今日、森林調査があるって。製材屋と一緒に朝から出掛けているはず――って、なんだ?

鍵がかかってる？」

　雪路は扉が施錠されていることに気づいて動きをとめ、サインボードを凝視する。その怪訝そうな様子を見て、杏は口を開いた。

「もしかしてヴィクトールさんが店番予定だった？」

「うん。前日からすごく嫌がってね、店を閉めたがっていたな。……閉めたんだな。ボードを裏返すのを忘れてる」

　店が閉められていることに対してさほどの驚きを見せない彼に、杏は戸惑う。

「ま、いいよ。どうせあと三時間くらいでこっちはクローズになるしね」

「TSUKURA」の閉店時間は十八時半。学校のある平日のバイトは夕方十六時から二時間半と決まっている。これは杏の――「TSUKURA」側のシフトであり、工房のほうで作業する雪路はもう少し遅い時間まで残るんだとか。

「平日の日中は、オーナーと工房長、室井さんでこっちの店番もしているんだよね？　でもそうなると、工房での作業時間が大幅に削られるよね」

　という杏の当たり前の問いかけを、彼はなぜか聞かなかった振りをした。

「もしかして……平日の日中って、ほとんどこっちは開けていなかったんじゃ……？」

　薄々そうじゃないかと感じていたが、杏がフルで入る土日のみ、一日店を開けているのでは？

「……ほら、前に言っただろ⁉　何度もバイトを雇おうとしたって！」

人相的に！」

「人類を憎むヴィクトールはもちろん、俺たちだってもともと接客には向かないし！

「あ、そうだったね」

同意しかけたが、慌ててこらえた。

「実際問題、うちは少人数体制でやりくりしているから仕事を入れすぎても対応し切れないんだよ。土日に店を開けて注文を受けるようにして、あとは、平日の夕方に数時間がんばるくらいでじゅうぶんだろって。依頼自体はＨＰからも入るしさあ！」

「皆でそう、あきらめることにしたんだ……」

ＨＰからの依頼に頼り切っていたんだな、という状況がよくわかる説明だ。

「工房のほうは毎日開けているよ」

そちらには客が来ないもんね、と杏は心の中だけで答えた。

「杏が土日に店番してくれて、どれほど俺たちが感謝しているか……」

「切実な表現」

しかし、杏も平日の日中にこの店で働いてくれるような、新しいバイトの人間を増やせる気がまったくしない。アレ的に。

「じゃあ、今度の土日、やっぱりバイト入ろうかな？」

「無理しなくていいよ。今は注文も詰まっているしさ。――で、杏はどうする？　今日は店のほうを開けないで、俺、このまま工房に行くけど」

杏は迷った末、彼とともに工房のほうへ足を運ぶことにした。徒歩で十五分前後の距離を、雪路と並んで進む。

「あー……、懐かしい」

ふと雪路がこぼした。

なにが？　と杏が視線で問うと、無自覚のつぶやきだったのか、彼は慌てたように口元を手で覆う。

「いや、笑われるから言いたくない」

「笑わないよ。なに？」

雪路は困ったように視線をさまよわせると、しかめっ面を見せた。

「同年代の女の子と並んで歩くのは、小学生の時以来だなと」

……笑えない。前に、小学校時代の話をちらりと雪路本人から聞いているのだ。

「ちゃんと仲良くしてくれた子がいたんだよね？　もしかしてその子が隣を歩いてくれた？」

「うん、そう。でも小学生の時ってさあ、なんでか男女で一緒に行動するとやけにまわりから囃し立てられるだろ？」

そういうところは、ある。大人が考える以上に、小学生って生々しい会話をするのだ。

「で、俺の時も、影で騒がれてさ。……ヤクザの息子と付き合っているとか、馬鹿な話を広められたんだよ。こっちに引っ越してきたばかりの杏は知らないだろうけれど、あの当時、不気味な事件が町で連続して起きていてさあ。子どもの誘拐事件とか山で自殺者の遺体とかも見つかった時期だったし」

「そうなの？　怖いね」

「そのせいで、突拍子もない都市伝説的な噂まで広がったっけ」

雪路が遠くを見るような目をする。

「……まあ、そんな感じで、俺に関わると危ないぞ、殺されるぞ、とか裏でおもしろ半分に広めるやつがいたわけ」

重い。これはかなり重い話だ。

「でもいじめられてはいなかったんだよね？」

「陰口を叩かれる程度だよ」

それをいじめというのでは――という思いが顔に出てしまったらしい。雪路は肩を竦めた。

「いじめっていうのは、集団で存在を無視されたり持ち物を捨てられたり、机に花を入れた花瓶を置かれたりすることじゃない？　小学、中学の間で一度も悪口を言われないやつなんていないだろ」

「うん、まあ……」

「他のやつより俺はちょっと影で言われることが多かったってくらいだ。一応男友達はいたよ。

でも一人でいるほうが気楽だったけど」

軽い口調だが、もしかしたら本当はもっと過激な嫌がらせもあったのかもしれない。ただそれを、雪路本人はあまり気にしていないように見える。

「俺はもう噂されることに慣れていたんで、なにを言われても平気なんだ。でもその子まで仲間外れにされんのはかわいそうだろ。だから、親切にしてくれるのは嬉しいけどもう一緒に帰るのはやめようって話して、それきり」

「それきり？」

「すぐにその子は引っ越したんだよ」

「そっか」

「あの子は俺と違う意味で、クラスメイトに遠巻きにされることが多かったんだよなあ。家庭内の不和が原因で、居場所がなかったみたいでさ。両親は離婚寸前で、どちらが自分を養育するかで揉(も)めている、自分を相手に押しつけ合っているんだ、って悲しそうによく話していたよ」

「聞いてる私まで悲しくなってくるんだけど！」

「まあなぁ。そういう子を、俺のことでさらに苦しませるのもどうかと思ってさあ」

杏は言葉なくうなずいた。軽々しく同情するのも憚(はばか)られるような内容だが、今の雪路に悲愴(ひそう)感(かん)がないのが救いといえば救いか。

「俺ね、もともと雰囲気が怖いって一部のやつらから避けられていたんだけれど。とくに女子に。学年が上がると、なおさら女子に避けられ始めたんだよな」

「た、大変だったね」

「男子にはそこまで怖がられないんだよ。でもほんと、女子は全滅だったな……。本音を言うと、今こうして杏が普通に話してくれるのが奇跡のようだ」

「奇跡レベル」

「……って、ごめん。めちゃくちゃ反応に困る話だよな？　あー……、なに話そ？　俺の放課後ってほとんど椅子製作で占められているんだよな……。将来、木材が恋人ですって宣言する自分の姿がまじでリアルに思い浮かぶわ」

　ここでヴィクトールの姿を思い浮かべた自分は悪くないと思う。急いで脳裏からヴィクトールの顔を消す杏に、雪路が興味津々の態度で尋ねる。

「リア充って普段どんな話すんの？」

「え、私はリア充じゃないからね？」

「なにをおっしゃる」

　いやいや、と杏は手を振る。なぜ雪路まで一緒になって、いやいやいやと手を振り返すのか。

「私の感覚だと、よそみをせずに夢に向かって突き進んでいる雪路君はすごくリア充だよ」

　どんな夢を抱けばいいのかも見えていない杏からすると、雪路の姿はひたすらまぶしくてならない。

学園カーストの中においても自分は目立ちも騒がれもしない中間の位置——つまりごく普通の存在なのだ。

ということを力説すると、雪路はしごく真面目な顔をした。

「俺の感覚では、普通の位置っていうのがリア充だな」

「うーん」

お互い、見えている相手の姿が違うらしい。隣の芝生は青いというような感じだろうか。

「あ。でもほら……私にもアレ的な問題があるし。そういう意味で、リア充な普通の位置っていうのとは違うかも」

「アレか。アレは、確かに！」

幼少期に味わった「アレ」の経験について語り合ううち、杏たちは工房に到着した。

工房というと恰好いい雰囲気だが、目の前にあるのは木々に囲まれた大きなプレハブの建物だ。一階建てだが天井は高い。黒の屋根は平らで、横に長い構造だ。壁は白。土地の広さを生かした造りだと思う。

プレハブの横には、一回り小さな小屋がある。そこに材木を収納しているのだろう。そのそばには、小屋に入り切らなかったらしき青いシートに包まれた材木の山、軽トラック、軽自動車、錆びた自転車などが置かれている。ヴィクトールのSUVもあった。あたりを一通り見回してから、杏は工房側に視線を戻す。工房の周囲は臑までとどきそうな雑草が群生しているが、その中に木製のオブジェが点在しており、目を楽しませてくれる。たとえばネジやボルトなどの形を模したチェアやベンチ、テーブルが地面に突き刺さっているのだ。

杏はめったにこちら側には足を運ばないので、新鮮な思いでそれらのオブジェを見やる。日差しの下、オブジェも建物も木々もきらきらと輝いている。

この町は自然が豊かで、ちょっと大きな通りから外れると、あっという間に道が緑に覆われる。圧倒されるほど木々の緑は濃く、みっちりと生い茂っている。樹幹のどれもが太く、背が高い。木々の葉は葡萄のようにたっぷりと枝を覆っており、その重さでぐんと垂れ下がるほどだ。自然が多いと餌も豊富なのか、町中で見かける烏さえ丸々と太っている。

雪路は慣れた様子でプレハブに近づき、戸を開いた。引き戸式の入り口は大きめに作られている。杏も彼に続いた。

プレハブ内は、広々としていながらも雑然とした雰囲気だ。高い位置にある窓は開放され、閉塞感とは無縁のはずなのに、一歩入った瞬間、むわりと霧のように木屑が舞っている気がしてしまう。逃げ場なくぐるぐると内部で循環しているかのような。それは瞬きの間に消える幻覚だ。

たぶん、鼻の奥に滑り込むこの独特の匂いがそんな幻を見せるのだろう。正直、生木は特別好ましい匂いとは言いがたい。つんとするような……唾液が溢れ出てくるような匂いだ。

杏はこくっと喉を鳴らすと、好奇心に急かされるまま視線を巡らせた。壁際には自分の背丈以上もある無垢の木材がずらりと大量に立てかけられている。その横に設けられている大棚にも様々な種類の木ぎれがびっしりと詰め込まれていた。工具棚には使い込まれた工具類が並び、三つの大型の作業テーブルには作りかけの木板が乗せられている。ベルトサンダーや角のみ盤などの木工機械は、はじめて見た時、杏に車の修理工場を連想させた。

でもこの工房で一番驚くところといえば、奥のスペースに鎮座している製造中の帆船だろう。直径は軽トラックほどもある。ガレオン船を模しているると聞いたが、帆布部分までも木材で作られているのだ。皺や風を受けているような布の膨らみ具合など、本物と見紛うくらい自然で感嘆してしまう。どうやら職人たちは、暇を見つけてはせっせとこの帆船に手を加えているらしい。でもなぜ帆船？　男のロマンって、よくわからない。海賊になりたい願望でもあるんだろうか？

杏が首をひねるあいだに、雪路が適当な場所にリュックを下ろし、シャツを脱ぎ始める。この場で作業着に着替えるようだが、杏がそばにいることをすっかり忘れている。もしくは異性としてまったく意識されていない。安堵すべきか嘆くべきか迷いつつも慌てて目を逸らし、杏は帆船のほうに近づいた。そこでぎょっとする。

作業テーブルと木工機械の影になっていて入り口からでは見えなかったが、帆船の端にX脚のハイバックチェアが置かれている。それにひっそりと座っているヴィクトールを発見したのだ。

（に、人形かと思った！）

彼は杏が気づく前からこちらの様子をうかがっていたらしい。侵入者を見るような、警戒と批判の入り交じった目を向けてくる。

杏は挨拶をためらった。機嫌が悪そう。というより、自分の殻に閉じこもっていたところを邪魔されて迷惑がっているようだ。前に、ヴィクトールは精神状態が不安定になると、お気に入りの椅子からおりられなくなると聞いた覚えがある。そっとしておいたほうがいいのかと悩むが、こうもとげとげしい目で見られると、無視できない気分になってくる。

彼は靴を履いたまま両足を座面に引き上げてハイバックチェアに座っている。片膝を抱えるような体勢だ。これが本当にお気に入りの椅子なのかと戸惑うほどに古ぼけて見えるが、妙な貫禄を感じるのも事実で。

椅子に肘掛けはなく、座面の位置は低め。だが、ねじれのデザインがある背もたれ部分はどっしりしていて高さがある。幾何学的な模様が描かれているのかと思いきや、よく見ればそれはひびだった。

（なんかこの椅子って気味が悪い。まるで意思を持っているみたいな……）

杏は寒気がした。どうしてなのか、ヴィクトールが椅子に縛られているような錯覚を抱いたのだ。一度そう思ってしまうと、もうとまらなかった。背もたれのひび割れがひとりでに動き出して、今にも縄に変化するんじゃないかと気が気でなくなる。

椅子全体の飴色も、年月の影響や塗料によるものではなく、なんというか――手垢で変色しているように見えるのだ。

（これ、やだ。ヴィクトールさんに座っていてほしくない）

杏は思い切ってヴィクトールに歩み寄った。警戒を強める彼の手首を断りもなく握り、自分のほうへ引っぱる。目を見開いたヴィクトールが、杏の動きにつられたようにすとんと椅子からおりた。

「……高田杏は、強引だ」

「あっ、すみません」

杏は我に返り、謝った。しかし彼は強引と口にしながらも、責めている様子ではない。あなたが椅子に囚われているように見えた、と告げる気にはなれず、杏は困った。しばらく見つめ合ったが途中で彼の手首を握ったままだと気づき、慌てて離す。

するとヴィクトールは気難しげな表情で杏の手を取った。なにをするつもりかと思いきや、なぜか再び自分の手首を杏に握らせる。

（……えっ、この人、わけがわからない！）

いったいなにをしたいのか。そんな奇妙な行動に出た張本人のヴィクトールまで首を傾げているのだから、杏に理解できるはずもない。しかし彼にしてみれば、なにも言わずにいきなり椅子から自分を引きずり下ろした杏の行動こそ奇怪そのものに映っただろう。

「……おいヴィクトール、うちは職場恋愛禁止なんじゃなかったっけ？　この間、俺にそう言ったよな」

尖(とが)った声が聞こえ、杏とヴィクトールは同時に振り向いた。

作業着に着替えた雪路が腕を組み、呆(あき)れたようにこちらを見ている。暑いらしく、上は黒いTシャツ姿で、作業着の袖(そで)は通さず腰で結んでいる。

（その話は私にとって地雷中の地雷なんだけど）

嫌な記憶が蘇(よみがえ)る。ヴィクトールに以前、雪路を惑わせるなと牽制(けんせい)されたのだ。まさか雪路にも似たような注意をしているとは思わなかったが。

「ええと、雪路君はこれから作業をするんだよね、邪魔しちゃ悪いから、私帰るね」

さりげなくヴィクトールの手首を離し、無理やり話を変える。

「送る」と短く宣言したのはヴィクトールだ。

「いえ、大丈夫です。まだ日も沈(しず)んでいないし」

前回の杏の異様な姿を思い出して送ると言ってくれたのだろうが、あまり気を遣われても困る。

遠慮(えんりょ)する杏に、しかし彼は一度首を横に振った。

「行きたいところがある」

付き合え、と言外に要求された。

脳裏に期末考査のことがよぎったが、それはヴィクトールの言葉を拒絶する力にまではならなかった。戸惑いながらも雪路に「また明日、学校で」と手を振って、さっさと外へ向かうヴィクトールのあとを追う。

今日の彼は薄いカーキ色のカットソーに黒いパンツを合わせている。そういえばハイバックチェアの横にジャケットが落ちていたようだが拾わなくていいのかと、余計な考えが頭に浮かぶ。まあ、きっと雪路が拾っておいてくれるだろう。

「乗って」

プレハブのそばにとめていたSUVに乗り込みながら、ヴィクトールが淡々とした声で催促する。言われた通り、スカートに気をつけて杏も助手席に乗った。リュックは膝の上だ。

車を発進させたのちも彼はしばらく無言だった。少し気詰まりになって、杏は話題を探した。

「ヴィクトールさん、ひとつ気になることがあるんですけど」

「……なに？」

彼は視線をフロントに固定させたまま警戒の声を出した。

「あの船って、完成したらどうするんです？」

予想外の問いかけだったようで、彼は呆気に取られた顔をし、こちらに一瞬視線を流した。胡桃色の瞳はすぐにフロントのほうへ戻ったが、気まずい沈黙が流れる前に答えが返ってくる。

「当然、外に飾るよ」

どこらへんが当然なのかわからなかったが、杏はひとまずうなずいた。

「あの船、ノアって名付けているんだ」

「ノアの方舟の？」

「そう。……緑の森に置く船」

杏はその光景を想像した。緑溢れる自然の中に漕ぎ出す木の帆船。いいかもしれない。

「でも——どうやって外に？　いったんパーツを分解するとか？」

どう見ても入り口より船の幅のほうが大きかったのだ。

それとも、プレハブの屋根を外し、天井からつり上げて出す？

素朴な問いかけに、ヴィクトールは息を詰め、ハンドルの上に突っ伏した。赤信号でとまっていた時だったからいいが、杏は驚いた。

「高田杏。君なら、ラムネの瓶の中にあるビー玉をどうやって取り出す？」

「え……」

いきなりの話題転換に杏はきょとんとする。

ラムネというと、お祭りの屋台で売られているようなあの昔懐かしの飲み物のことか。

「栓の部分って取り外せますよね」

「違う。昔のタイプは割るしか方法がなかった」

ヴィクトールはきっぱり言うと、ハンドルから顔を上げた。信号が変わり、車が動き出す。

（……つまりあの船も、外へ出すならプレハブを壊すしかないと）

今のヴィクトールの話し振りからして、作るのに夢中になるあまり完成後の船の出し方をまったく考えていなかったのではないか。たぶん他の職人たちも。もしくは途中で気づいたけれど、深く考えないことにしたか。男のロマンって、変なところで行き当たりばったりだ。

「えっと、作ることに意義があるんですよね！」

「そういう安易な慰(なぐさ)めは求めていない」

この人はどうしてこんなに空気を読まないかな。

「……ところで、行きたい場所ってどこなんですか？」

気持ちを切り替えて尋ねたが、ヴィクトールはすぐには答えなかった。やがて「……今回だけだぞ」と言う。

「うちの店員が裸足(はだし)で道を走り回っているだなんて噂が広がっても困る。だから今回だけ、もう少し付き合うよ」

渋面を作るヴィクトールの横顔を杏は眺(なが)めた。どういう意味？

裸足で走り回る店員――それは、杏のことだろうか。

（私がポルターガイスト現象で参っているように見えたから、ダンテスカに関わる幽霊の正体を調べに行くってことなの？）

ヴィクトールの判断に思い至り、杏は驚いた。

「じろじろ見ないでくれる?」

「あ、はい。すみません。……ヴィクトールさんって、優しい人だったんですね」

「そういう安易な褒め方、本当に求めていないよ」

人の髪をツイスト脚の椅子と同列に並べて褒めるような人に文句をつけられると、すごく理不尽に感じる。

でも杏は反論しなかった。嬉しいかもしれない、という気持ちが胸にわき上がってきたせいだ。

ヴィクトールは空気を読まないし妙なところで辛辣だし、人類よりも椅子を愛しているけれど、時々こうして優しくなる。

(ってだめだ。年の差もある。だいたい私なんか子どもにしか思われていない。それに、こういういかにもわけありな面倒臭い人を好きになると絶対後悔するに決まってる)

杏は赤らむ頬をごまかすために、窓のほうへ顔を向けた。

もう一度ヴィクトールの横顔を眺めたくなる衝動を、必死に殺しながら。


自分の感情を宥めることに手一杯だったせいで、ヴィクトールが方向音痴だという事実をすっかり忘れていた。

「この道って、さっきも通りましたよね」

「うるさいよ、黙ってて」

「……ダンテスカの元持ち主の、松本家に行きたいんじゃないんですか」

「違うから。黙っていてと言っただろ」

どうやら彼はなにかを探しているらしいが、それがなんなのか教えてくれない。しかももったいぶっているのではなく、あきらかに説明するのが億劫だという態度なのだ。

(やっぱり松本家を目指しているんじゃないの?)

杏たちを乗せた車は今、春日部通りを走っている。以前にも一度通った道だ。いつになったら目的地に辿り着けるのか。まあ、ただの気晴らしでドライブに付き合わされただけなのだとしてもかまわないのだけれど——そう考えながらじっと景色を眺めていると、見覚えのあるスーツ姿の男性が歩道を歩いていることに気づいた。前に道を尋ねたあの男性だ。

ヴィクトールに車をとめてもらおうか。この地区の住人らしかったし、もしもまた自分たちが迷子状態になっているようなら彼に道を聞けば解決するかも。

提案しようとヴィクトールをうかがってみたが、彼の横顔は頑なだ。確かあの時も杏が勝手に道を尋ねに行ったので、しばらく拗ねたんだっけ。なんだかやけに裏切り者扱いされたような気もする。

「あ、松本家がありましたよ」

そう悩むうちに、モルタルの一軒家を発見した。杏の言葉にヴィクトールが反応し、わずかに車の速度を落とす。ここらは新興住宅地とされる区画で、雑多な町の中心部とは違ってかなり整然とした雰囲気を漂わせている。通りもどこかすっきりとしており、澄ました印象だ。街路樹の鮮やかな緑がそのどこか堅苦しさのある眺めにいきいきとした色を与えている。

ヴィクトールは前にも利用したコインパーキングに車をとめた。そこからは徒歩だ。しかし彼が目指した先は、松本家ではなかった。松本家の向かい——手前に伸びている二車線の、さらにその向こうにある歩道側へ行く。

（なんでこっちに？）

杏はいぶかしむと同時に、松本家を訪問した時の出来事を思い出した。ピアノを置いていたという部屋の窓から、道路を挟（はさ）んで公園が見えたのだ。ちょうど今、杏たちが歩いている場所にあたる。

その公園の奥には似たような外観の住宅が並んでいる。

ヴィクトールは迷わずに、とある一軒家へ向かった。

「ヴィクトールさん、ここって誰の家——？」

最後まで言い切る前に、彼はその家の呼び鈴を鳴らす。杏は唖然（あぜん）とした。一切ためらう素振（そぶ）りも見せない。彼は人類嫌いと自称しつつも、一度腹をくくれば他人との接触も厭（いと）わないし、無駄に行動力だってある。そして間違いなくマイペース。

あたふたする杏には取り合わず、ヴィクトールは平然とまた呼び鈴を押す。だが、家の中に人がいる気配を感じない。

「留守みたいですね」

表札を覗くと「山内」と書かれている。

三度呼び鈴を押そうとするヴィクトールをとめた時、視界の端に動くものが映った。

車椅子に乗る婦人と、それを後ろからゆっくりと押す二十代半ばの青年だ。彼ら二人は一様に不思議そうな表情を浮かべて杏たちのほうへ近づいてくる。

ヴィクトールも彼らに気づき、呼び鈴から指を離した。

はじめに言葉を発したのは、車椅子の婦人だ。

「どちら様ですか？　うちになにかご用が？」

この山内家の住人らしい。ヴィクトールに気を取られている二人の姿を杏はじっくりと観察する。車椅子の女性のほうは、その声音通りに穏和な雰囲気がある。年は六十代前半だろうか。薄手のブランケットを乗せた膝に両手を重ねて置いている。車椅子を押す男性のほうは中肉中背で、黒髪はさっぱりと短く、シャープな印象だ。のりのきいた淡い水色のシャツがこの青年に清潔感を与えている。目の形が婦人とどことなく似ているような気がする。

（家族だよね。祖母と孫、かな）

杏はそう推測した。婦人はどうやらのんびりした性格らしく、興味津々という様子でヴィクトールを見ている。が、青年はあきらかに不審そうな目つきでヴィクトールをうかがっている。時折ちらっと杏のほうにも視線を流す。

（見た目は完璧外国人の成人男性と制服姿の女子高生っていう、でこぼこな組み合わせだもんね）

怪しまれて当然だろう。

杏は、自分たちは無害です、と示すため二人に向かって丁寧に頭を下げた。だが、青年の視線から警戒の色は消えない。

「突然おうかがいして申し訳ありません、少々お尋ねしたいことがあるのですがよろしいでしょうか？」

店で渋々接客をする時に見せるような作り笑いを浮かべたヴィクトールに、二人は軽く仰け反った。ネイティブな日本語に驚いたらしい。ヴィクトールは気にせず話を続ける。

「彼女がピアノを習いたいというので、この辺に教室がないか探していたんです。もしかしたらこちらのお宅で生徒を募集しているんじゃないかと思いまして」

えっ⁉　と思ったが杏は顔に出さないよう懸命にこらえた。

「できれば初心者向けで、時間の融通がききそうな教室がいいなと。……そうだろ？」

ヴィクトールの視線がこちらに向かう。親しげな笑みを張り付けているが、その目は、ほら

おまえも話を合わせろ、とはっきり要求している。待って、どういう設定⁉

（やめてよ、いきなりアドリブを求めないで！）

無茶ぶりがすぎる。せめて事前に、ある程度の設定を話しておいてほしい！

杏は混乱しながらも必死に言葉を絞り出した。

「あっ、あの、私、この町に引っ越してきたばかりで、地理が、というかどこにどういうお店があるのかよくわからなくて、彼に色々と相談していたんです！」

緊張で、全身汗ばむのがわかる。

まあ、と人の好さそうな婦人はとくに疑う素振りもなく目を瞠っているが、青年のほうは胡散臭いと言いたげな態度をごまかそうともしない。

「よくうちにピアノがあるとわかりましたね」

答えたのは婦人だ。それにヴィクトールが愛想良くうなずく。

「陽介君から聞いたんですよ」

陽介君！　杏は内心叫ぶ。いかにも松本陽介と親しい仲であると言わんばかりの返事じゃないか。

悪びれないヴィクトールを見て、青年の態度に若干戸惑いがまざり始める。

「あら、松本さんのところの？」

「はい、松本陽介君です」

「そうなの」

納得したように婦人が相槌を打ったが、杏はいつ嘘がばれるかと気が気じゃない。ヴィクトールは本当に意外なところで度胸がある。

「でもそのお話っていつ頃お聞きしたの？　確かにうちでは以前、ピアノ教室を開いていて生徒さんも取っていましたよ。ですがもう何年も前に教室はやめてしまったんです。十年近くになるかしらね。残念だけれど、私ね、病気が原因で足が動かしにくくなってしまったのよ」

「そうでしたか……」

ヴィクトールが神妙な顔をする。

「教室と言っても、近所に住んでいて学びたい意欲のある人を集めただけの気軽なものでしたけれどね。看板も出しませんでしたし」

婦人は明るく続ける。

「近場でピアノ教室をお探しなら、大通りの楽器店を訪れるといいわ。あそこの店の二階で生徒さんを募っているはずですよ」

「ご親切にありがとうございます、そちらをうかがってみたいと思います」

ヴィクトールに合わせて、杏も慌てて一緒に頭を下げる。

「それにしてもあなた、日本語がとてもお上手ね」

話し好きな婦人のようだ。青年のほうは、早くこの不審な二人を追い払いたいという様子だが。

「僕は日本での暮らしのほうが長いんですよ。陽介君にも、知り合った当初は日本語が達者だと驚かれました」

「そうでしょうねえ」

「ええ、はじめはちょっと『変な外国人』と思われて警戒されていたんですけれどね」

ヴィクトールは悪戯(いたずら)っぽく笑った。

「でも互いに猫を飼(か)っているとわかって、それがきっかけで話をするようになりました」

すらすらとよどみなく新たな設定を積み上げるヴィクトールを見て、杏は胃が痛くなってきた。

(ヴィクトールさん、すごいな)

自分ならまず間違いなくぼろを出す。そういう自信がある。

「あら、あなたも猫を?」

「はい」

「猫ってかわいいものねえ」

婦人は何度も嬉しそうにうなずいた。

でもヴィクトールさんは猫より断然椅子を愛しているんですよ、と言いたくなったが、杏はぐっとこらえた。

「ひょっとして、あなたも松本さんのところの仔猫を譲ってもらったの？」

「いえ、僕はペットショップで。……そちらは松本さんから？」

「そうなのよ。ここらの開発が始まったのって十数年前になるんですけれどね。私も松本さんのお宅も、もともとここの住人だったの。それで他の住民よりも交流があってねえ」

ヴィクトールが笑顔で先をうながす。杏も必死に愛想笑いを浮かべ続けたが、そろそろ口の端が引きつりそうだ。

がんばれ私、と自分を叱咤した時、青年と目が合い、またじわっと額に汗が滲む。

（この目は、絶対に疑っている……）

いったいなんの目的で訪問したのか、謎に思っているに違いない。

「松本さんのお宅で、かわいい仔猫が五匹も生まれてね。それで里親を募集されてたわ。うちも一匹、黒と白のぶちがある子を譲ってもらったの。母猫にそっくりな毛並みのね。五匹とも貰い手がすぐに見つかったんで、松本さんのお宅の母猫がしばらくの間すごく寂しがって大変だったと聞いたわ。仔猫を恋しがって鳴くんですって。それで、うちで引き取った子を時々会わせてあげたのよねえ」

婦人の話は続いている。

ヴィクトールは調子よく相槌を打っている。

「うちの孫……、この子のことなんだけれども、高校生くらいまでは陽介さんと仲良くしていたんですよ」

彼女の視線が一瞬、青年のほうに流れる。自分の話までされると思っていなかったのか、疑いの表情で杏たちをうかがっていた青年がわずかに動揺を見せた。

「一時期興味をなくしていたピアノの練習も、あの頃は熱心だったわね。そうでしょ、昴。あなた、かずみさんにもよく教えてあげていたでしょ」

「かずみさんとは?」

ヴィクトールが口を挟む。

「陽介さんのおばあ様よ」

婦人はにっこりした。彼女の人の好さに罪悪感が刺激される。

「この子ね、学校帰りによくあちらに行っていたの」

「かずみさんは陽介の家族だから、気を遣っただけだよ」

昴という名の青年が素っ気なく言う。

「そんなこと言ってあなたったら、気まぐれなんだから。急に陽介さんと遊ばなくなったし、ピアノの練習もぱたっとやめてしまったじゃないの。喧嘩をしたのなら、ちゃんと謝らないとだめよ」

「違うって。ただ、ピアノに飽きたんだよ」

「まったくもう……。この子が頑なになるんで、私まであちらのお宅とは話がしにくくなってね」

「ばあちゃん、もういいって。その話はしないでくれ」

昴が嫌そうに首を横に振る。しかし婦人は彼を無視して沈痛な顔を見せる。

「そのうち、あちらのお宅で不幸が続いたから余計にねえ……。親しくしてくれたご夫婦とお別れすることになって私もずいぶん寂しい思いをしたんですよ。あれからもう五年も経つのね」

松本家の祖父母が亡くなったあたりの話だろう。

この婦人はあちらの祖父母とかなり親密な付き合いをしていたようだ。

(陽介さんの祖母がピアノを学び始めたのは、この婦人がきっかけってことかな)

「でも、亡くなる時期もほとんど同じなんて、羨ましいわね」

婦人はどこか遠くを見るような目をした。明るい印象だった彼女の顔に、ふっと影がさす。

「亡くなったあとも寄り添っているのかしらね。うちの夫もあちらのご夫婦のあとに他界したのだけれど、つれない人で……」

寂しげな表情に、杏は胸を痛めた。杏の家でも、幼い頃に祖父が亡くなっている。この婦人のように、寂しげな顔をする祖母の姿を何度も見たのだ。杏は祖母にかわいがられていたので、そういう姿を目にするたびにつらく感じていた。

「向こうの旦那さん……清志さんは本当に素敵な方でね。いつ見ても品のよい背広を着ていらしたわ。うちに猫を連れてくる時も、いっつも身なりに気を配っていたもの。――あぁ、あなたも日本語も上手だし素敵ね、ひょっとしてお二人はお付き合いをされているの？」

追憶（ついおく）に浸っていた婦人が、ふと杏たちを交互に見て興味深げに尋ねてきた。

とんでもない、と杏が否定する前に、ヴィクトールが笑みを深める。親しげに杏の肩に触れる。

「ええ。でも彼女はまだ高校生なので、いたって健全な付き合いですよ」

その言葉に心臓を貫（つらぬ）かれたような気持ちになった。

杏は息を殺した。頭が真っ白になり、現実が遠ざかったかのような気さえする。

ヴィクトールの心がけを褒める婦人の言葉も左から右に素通りする。どくどくと自分の中から響く脈の音だけがいやに生々しく感じられた。

（――ヴィクトールさんって、本当に）

腹の底からわき上がり、勢いよく迸（ほとばし）りそうなこの感情を、どうしたものか。

傷ついた顔でもすればいいのか？　たとえ嘘でも一応は女子として見られていたことを驚けばいいのか？　平然と嘘をつけるくらいに関心がないのだと思い知らされたことを嘆（なげ）けばいいのか？

「やっぱり人と人って、どんな形でも仲がいいのが一番よね」

婦人は感じ入った様子だ。その黒い瞳に優しさを乗せ、背後の青年を振り返る。

「昴もいいかげん陽介さんと仲直りなさいよ。一人暮らしを始めたからっていっても、もともとはご近所同士だったんだし、あなただってよくこっちに様子を見に来てくれるでしょ。自治会で顔を会わせる機会もあるんだろうし——」

「その話は勘弁してよ。——すみませんが、そろそろ祖母を休ませたいのでもう家に入らせてもらってもいいですか」

昴は強引に話を切り上げようとした。まだ話し足りないという素振りを見せる婦人に首を振り、「薬の時間だろ」と告げる。しっかり者の孫にはかなわないようで、婦人は渋々という表情でうなずいている。

「こちらこそ長々と立ち話をさせてすみませんでした。これから楽器店のほうを訪ねてみたいと思います」

もう少しねばるかと思いきや、ヴィクトールはあっさりと引き下がる。

「いえ、どうぞまたいらしてちょうだい」

婦人の笑顔に、杏は深く頭を下げた。


「少し歩こうか」というヴィクトールに従い、コインパーキングまで遠回りすることになった。

今日もよく晴れている。このところ、からりと晴れる日が続いている。出社前に干していけば夕方までに洗濯物が乾いていると、今朝(けさ)、母がご機嫌な表情で言っていたのを杏はふと思い出した。母よりも、杏は祖母と気が合う。母は杏が素っ気ないことに気づいているが、それでも距離を縮(ちぢ)めようと色々話しかけてきてくれる……。

「——やっぱり猫が原因ですか」

しばらく無言を通していたが、この沈黙に耐え切れなくなり、杏は問いを投げかけた。

ヴィクトールがなぜ山内家を突撃したのかという理由は謎のままだが、とにかく、松本家で猫を飼っていたことの裏付けは取れた。あちこちの家に引き取られた仔猫たちに対する母猫の強い愛情は、キャットフードを一缶お供(そな)えしたくらいじゃ昇華できなかったんだろう。

それを思うと、杏が聞いた、そばにいて、ここにいて、といった怪しげな声に対しても、恐怖だけじゃなくてまた別の色を帯びた感情が生まれてしまう。やるせなさや切なさ、物悲しさといったような。

「仔猫たちが今どうしているのか調べたほうがいいのかなあ。それで母猫の霊は安心してくれるかな」

ヴィクトールの反応を知りたくなり、視線を向ければ、彼はやけに難しい表情を浮かべている。

「どうかしましたか？」

「……なんでもない」

どう見たって、なんでもなくない表情だ。杏の推測では、これは「ただでさえ苦手に思っている人類がますます嫌いになってきた」という時の鬱々とした顔つき。なぜだろう。

彼の内面にもっと踏み込むべきか迷う。まずは他の質問をぶつけて、時間稼ぎしようか。そうするうちに答えが見えてくるかもしれない。

「そういえばヴィクトールさん、なぜあそこの家がピアノを扱っていたと特定できたんですか？」

「なぜって、そんなの。高田杏だって、前に松本家の窓から山内家があるあたりを眺めていたじゃないか」

ヴィクトールは「君こそなぜわかり切った質問をする？」というような、怪訝な表情を見せた。

「そ、それはそうですけれど、でもこの一帯って似通った外観の住宅が並んでいるじゃないですか！　なのにヴィクトールさんはどの家に行けばいいのか、ちっとも迷っていなかったでしょ？　看板も出していないって山内家のおばあさんも言っていたし！」

確かに松本家のピアノ部屋からはこちら側の二車線道路や公園、住宅が見えていた。しかしどの家にピアノがあるかまでは特定できないのでは？　と不思議に思ったわけだが、ヴィクトールは正気を疑うような目を向けてくる。

「高田杏の目はやっぱりガラス製か」

「違います！」

「そして耳は、はりぼてか」

「違います」

「あの時、ピアノの音が聞こえてきただろ。それに、窓の開いていた住宅が一軒だけあったろうに」

……言われてみれば、レースのカーテンが揺れていた窓があったような。うろ覚えだ。

「たとえば隣家だったなら、二重窓であっても音が漏れることがある。けれど、山内家と松本家は、公園と二車線道路を挟んだ位置にある。防音状態や時間帯にもよるだろうが、この距離で窓をしっかり閉めていたら、車の走行音で掻き消される可能性が高い。それでも聞こえたなら、窓を開けて弾いていたとは考えられないか？」

あっ、と思った。でも。

「山内家のおばあさんは、もうピアノをやめたって言っていましたよ」

「違う。『教室はやめた』と言ったんだよ」

ヴィクトールはきっぱりと否定した。ニュアンスの曖昧さを許さない硬い口調だ。

「人に教えるのをやめたからって、自分も二度と弾かなくなるとは限らないだろう。たまには鍵盤に触れたくなる時だってあるんじゃないのか？　なにもおかしなことじゃない」

「そ……うかもしれないですけれど」

でも、と杏は強めに切り返した。

「でもありえないです。松本家にお邪魔した時、ピアノの音なんてしなかったんですよ」

「なにを言っている。高田杏自身が松本陽介に尋ねていたんじゃないか。ピアノの音が聞こえなかったかって」

「あれは私だけが聞いたポルターガイスト現象……幻の音でしょう？　陽介さんは否定していました」

呆れた態度を見せていたヴィクトールが、急になにかを噛み締めるような表情を浮かべる。

「人は日常的に嘘をつくんだよ、高田杏」

「嘘？」

「そうだよ、ただの嘘だ。ピアノの音は幻じゃない。現実に聞こえていた」

「待ってください、ヴィクトールさんだって聞こえないと言っていたのに――」

「俺はあの時、否定も肯定もしていない」

そうだったっけ――？

いや、その通りだ。ヴィクトールはなにも言っていなかった。松本陽介に否定されたから、杏は勝手な思い込みでヴィクトールも聞こえていなかったと決めつけてしまったのだ。

（あのピアノの音は、幻聴じゃなくて本物だったの……？）

混乱しかけた時、ふいに首筋がぞくっとした。

まただ。

誰かに見られているような気がする。

（これはどっち？）

気のせい？　本物？

幽霊の有無よりも、自分の感覚が信じられないことに強い恐怖を覚える。杏は無意識に隣を歩くヴィクトールの腕を摑んだ。

「……あっ、す、すみません」

なにをしているんだ、私。

杏はすぐに我に返り、ぱっと手を離した。

「もう帰りましょう」

今の自分の気持ちを詮索されたくない。その一心で訴えたが、ヴィクトールはなぜか足をとめた。そして、急に杏の手を強い力で摑み返し、早足で直進する。なんの説明もなく突き進んで狭い十字路を曲がり、とある住宅の塀の影に杏を引っぱり込む。

杏は、ヴィクトールの突飛な行動に目を丸くした。

戸惑う間に、事態が動いた。誰かが慌てた様子でこちらへ近づいてくる気配を感じたのだ。

この気配はどっちだ。

気のせいか、本物なのか。

「ヴィクトールさん」

どちらが正しいのか、今の自分には決められない。杏は不安に駆られて彼の名を呼んだ。

だがヴィクトールは答えず、こちらを一瞥(いちべつ)したのち、杏を残して塀の影から出てゆく。

つかの間ぽかんとしたが、杏も慌てて彼を追いかける。

まさか、幽霊と対峙(たいじ)する気？　それとも我が子を恋しがる母猫の霊と？

一人でなんて行かせられない。この人は怖がりなのだ。杏だったら、怖いけれど、できれば遠慮したいけれど、ヴィクトールよりは耐性があるし幽霊にも慣れているし――手を引っぱって一緒に逃げることくらいきっとできる。

「あっ」

しかし杏の覚悟は杞憂(きゆう)に終わった。幽霊ではない。こちら側に接近し、きょろきょろとあたりを見回していたのは、松本陽介だったのだ。いかにも見失った杏たちを探しているという態度だ。

塀の影から出てきたヴィクトールに気づくと、待ち伏せされたと察したらしく、焦(あせ)りの表情を浮かべる。

「こんにちは、松本さん。ここで会うなんて奇遇(きぐう)ですね」

ヴィクトールがにこやかに挨拶する。

陽介はひとしきりうろたえると、開き直ったように眦(まなじり)をつり上げた。

「嘘をつかないでくれ。奇遇でもなんでもないでしょう」

「なんのことでしょうか」

「今日は仕事が早く終わったからゆっくり休もうと思ってまっすぐ帰宅したんだ。そうしたら、山内さんの家に行くあなた方を発見した。うちの……あの椅子の件で色々と嗅ぎ回っているんでしょう？」

陽介は批判の口調で言った。杏たちをつけていた後ろめたさをごまかすためもあるんだろう。必要以上に声を荒らげている。

「なんのつもりでそんな真似をするのかは知らないが、うちの周囲をうろつくのはやめてもらえませんか。あんまりしつこいようなら、こっちにだって考えがある」

「考えとは？」

「警察を呼びますよ！」

「なぜ？　私たちはただピアノ教室を探していただけです」

「は？　ピアノって」

「山内さんに確認されてもかまいませんが、彼らとは椅子の話などしていませんよ」

ヴィクトールがあんまり飄々と答えるからか、陽介が怯んだ。彼を揺さぶる気らしく、ヴィクトールは間を置かずに話を続ける。

「あなたのお宅を訪問した時にピアノの音が聞こえてきました。それであちらのお宅だとあたりをつけ、おうかがいしたのです。ただ、あなたは部屋に案内してくださった時、なぜかピアノの音など聞こえないというような反応をされましたよね」

「それは――」

気まずげに口ごもる彼を見て、本当に嘘をついていたのだとわかる。

「あぁ、私たちも少しだけ山内さんに嘘をつきました。ピアノの音を聞いたのはあなたのご自宅にお邪魔した時で間違いないのですが、どうもあなたはそのことを隠したいようでしたので。山内さんにお話をうかがう際はその説明を省き、あなたの知人と名乗らせていただきました」

「知人ってそんな――いや、だからなんであなた方が、あっちの家……ピアノ教室を探すんだよ！」

「仕事のためですが」

「――は⁉」

「当店では家具の売買や修理を受けつけています。このへんにお住まいでなおかつピアノもお持ちなら、余裕のある生活をされているのではと」

ヴィクトールの流れるような説明に、杏は絶句した。

「そこからご友人を紹介していただくことも考えましたよ。顧客開拓のために地道にセールスをすることって大事ですよね。今日は感触を探るため、山内さんには、ピアノを習いたいので教室を探している、とだけお話ししています」

陽介も唖然としている。

「このあと他のお宅も回るつもりでしたが、あなたがこうして私たちを探っていることに気づきましたので、なにかご事情でもおありなのかと思ったのです。それで、あなたはなぜ私たちをつけ回すんでしょうか？」

ヴィクトールは笑みをたたえたまま問いかける。が、目は冷ややかだ。

「待ってくれよ、なぜそんな話に――つけ回していたわけじゃない！」

「ですが今、私たちを捜していましたよね」

「だからそれは――」

「そもそもなぜ、私たちが山内さんに椅子の話を持ちかけるに違いないと思われたのですか？　そう結びつけた理由は？　あなたと山内さんのお宅との関係は？」

「関係って――」

杏は、物理的にも距離を縮めて淡々と追いつめるヴィクトールと、ろくに反論できずたじたじになっている陽介を茫然と見つめた。ヴィクトールの攻め方が実にあくどい。いや、ここは頼りになると褒めるべきなのか。

「その前に、なぜ部屋にいる時、ピアノの音がすることを認めなかったんですか？」

「迷惑なんだよ！　本当は椅子なんかどうでもよくて、うちの問題を調べていたんだろ！」

畳み掛けられて混乱したらしく、陽介がとうとう爆発する。

「うちの問題と言われましても」

「いったい姉になにを頼まれたんだ？　いまさら祖母の浮気を掘り返してどうするつもりなんだよ！　祖母は相手の男に大金でも渡していたのか？　ちくしょう、ふざけやがって！」

浮気、とヴィクトールが小声でつぶやく。杏は驚きの声を上げそうになるのを、すんでのところでこらえた。

「姉は俺が祖母の浮気に気づいていないとでも思っていたのか？　馬鹿にするなよ、俺どころか祖父だって気づいていたさ。祖母が山内の爺とできてたことくらい。なにがピアノを習いたい、だ。あつかましい！　いい年して色気付きやがって！」

抑えていた怒りが興奮によって解き放たれたらしく、陽介は我を忘れた様子で喚き散らす。

「毎日毎日、祖父が贈ったあの椅子に座って、窓辺から山内の爺を見ていたんだよ。祖父はそれに気づいて一度、椅子をしまったんだ。当然だろ、結婚記念日にプレゼントしたものに座って他の男にうつつを抜かしてんだから」

杏たちまでも責めているような激しい口調だ。その勢いに気圧されそうになる。

「なのにそれをわざとらしくピアノの椅子にすると言って、また引っぱり出して――結局色々文句をつけてまた窓辺に置いたんだ。正気じゃないよ、高校生の孫がいたような年齢なんだぞ。そんな年で浮気とか、なにを考えていたんだ。そのうち山内の爺だけじゃ飽き足らず、他にも目を向けるようになるし、本当、いいかげんにしてくれっての！」

彼の罵倒を聞いて、杏は記憶を掘り起こした。

家を訪問した時、やけに陽介は祖母がピアノを弾くことに対して嚙みついていた。あれは演奏の出来がどうこうというのではなく浮気問題を批判していたのか。

「じゃあ、ずっとうちの店を見張っていたのもあなたなんですか？」

思い切って杏は尋ねた。駐車場で落葉を掃いていた時やバイト帰りにも不気味な視線を感じたことがあったが、それらもすべて陽介の仕業？

「はっ？　なんの話だ？」

陽介は勢いを消して変な顔をした。

（とぼけている？　それとも本当に無関係？）

嘘をついているようには見えない。が、今の杏は自分の感覚を信じ切れないでいる。

「ちょっと待てよ、俺になんの疑いをかけようとしているんですか」

身を乗り出す陽介から守るように、ヴィクトールが杏を下がらせる。

「いえ、最近店の周囲を探る人間がいるようでして。あなたを疑っているわけではありません。念のためにお聞きしただけですよ」

むっとする陽介を、ヴィクトールがさらりといなす。

杏は額にうっすらと汗をかいている陽介の顔を真剣に見つめた。

（人は日常的に嘘をつく

ヴィクトールだってあんなにすらすらと嘘をついて婦人から話を聞き出していた。今もだ。いや、嘘つきは彼らだけじゃない。杏だって同じだ。いくつも嘘をついている。ヴィクトール相手にもついている。

それに、たとえ真実を口にした時であっても嘘つき呼ばわりされることがあるじゃないか。嘘つき、幽霊なんていない、そんなありえない話をするなんて気味が悪い……子どもの頃の友達にそう何度も嘘つきと指をさされた。

「言いがかりはやめてくれないか。俺はそこまで暇(ひま)じゃない！　今は偶然あなた方を見かけたからつい追ってしまっただけですよ！」

怒鳴り散らしたあとで冷静になったのだろう。陽介ははっとし、青ざめた。余計な話をしすぎたと気になり始めたようで、あちこちに視線をさまよわせている。

「と、とにかく、これ以上うちの事情を嗅ぎ回るのはよしてくれ。もうあなた方とお話しすることはなにもない」

陽介は口早に吐き捨てると、こちらの返事も聞かずに慌ただしく去っていった。

彼が残した荒々しい気配が消えるまで、杏たちはしばらくその場に立ち尽くした。

結局——ポルターガイスト現象の原因は猫の霊だったのか？　違うのか？

駐車場に戻って車に乗り込んだのち、杏は爪の跡がつくほどこめかみを強く押した。

山内家の二人や陽介との会話で得た情報を整理したいが、思考が錆び付いてしまったかのように鈍くなっている。

いったいなにが現実で、なにがポルターガイストだったのか。その区別すらわからなくなってきているみたいだ。当たり前と思っていた現実が不透明な白い霧にじわじわと覆われ始めたような感じがして、この陽気だというのに背筋に悪寒が走る。

「気分が悪いのか？」

ヴィクトールが珍しく心配そうに杏を覗き込んでくる。

杏は返事をする代わりに、ふと思いついたことを尋ねた。

「ヴィクトールさんはひょっとして陽介さんがなにか隠していることに……陽介さんの祖母のかずみさんが浮気をしていることに気づいていたんですか？」

「まさか。そこまでわかるわけない。ただ、よくない秘密のひとつや二つあるだろうと考えただけだ」

そこで彼はわずかに身を引き、杏を探るような表情を見せた。

「高田杏は、俺が面倒な性格だと思い始めているだろう？」

「はい――いえ、そんなことは、全然」

危うく素直に肯定しかけたが、慌てて否定する。

(面倒な性格だっていう自覚を彼が持っていたことに驚く……)

ヴィクトールは胡乱な目をして「だけどそれは高田杏の誤解だ」とわざわざ訂正した。そういうところがすでに気難しい男であるという証拠じゃないかと思ったが、ここでの指摘はやめておく。

「ただ、俺はよく考えるんだ。考えすぎるんだ。備えあれば憂いなしって言うだろ。あらかじめ幾通りもの悪い予想を立てておけば、その次の行動を迷わずに決められる」

やっぱりすごく面倒臭い人だ。

「松本家を訪問した時、彼はやけに祖母のかずみに対して攻撃的だった」

ヴィクトールはハンドルに片腕を乗せると、独白するような口調で言った。

「そうですね……それは私も感じました」

「松本陽介は、椅子と祖母のかずみとピアノ、この三点に明確な拒絶反応を示していただろう？椅子については、まあ、こっちから切り出した話なので警戒していただけとも取れる。でもピアノに関しては、彼は自ら積極的に口にしていた。早く手放したくてたまらなかった祖母の不潔さの象徴（しょうちょう）である、この――ここはあえて不潔と表現するが――『ダンテスカ』とピアノを同列に並べていた。だからピアノも売った」

「はい」

「単に演奏の音がうるさくて迷惑だったという理由なら、『あんなのにうつつを抜かすな』という言い方は少し大げさに思えた。彼は今日もまたその言葉を口にしていたよね。ただし今度は祖母の浮気を非難するために」

「え、ええ」

前にも言っていたっけ？

杏が記憶を辿る前に、ヴィクトールは話を進める。

「前の時も、四六時中演奏していて我慢できなかったというニュアンスには聞こえなかった。ピアノを通してだれかに嫌悪を向けているようだと俺は感じたんだよ。だから、具体的に彼の家庭で『浮気行為』があったとまではわからずとも、なにか暗い秘密が隠されているんだろうと判断した」

「はあ……」

「もうひとつ、呪いの椅子だと松本陽介が口にした時も引っかかった。彼は『それに座ったら皆死んでいく』と言っていただろ」

「ああ、そんな感じの発言をしていましたね」

「覚えていないのか？」
ヴィクトールは憮然として、杏を見据えた。
「覚えていますよ！　インパクトのある言葉でしたもん。ニュアンスというか、言葉尻までは
さすがに思い出せないですけど」
「そのニュアンスが肝心なのに。変なアクセントだったじゃないか」
「変な？　その椅子に座ったせいで呪いにかかって死んでしまう、って意味ではなくて？」
そんな誤解をしたせいで杏は「ダンテの怨念がもしかして霊障を起こす原因になっている
……？」などという馬鹿げた考えを抱いてしまったのだ。
「違う。呪いと、死はまた別の問題なんだ」
「別？」
「松本陽介ははじめに、呪いの椅子だ、と俺たちに打ち明けた。その後『それに、座ったら』
と続けた。呪いを持っているというだけにとどまらず、死をもたらす不吉なオプションまであ
る、というニュアンスだったろ」
杏は、ぽかんとした。
「つまり、彼はこう考えていた。祖母のかずみが他の男に恋して祖父の清志を裏切ったせいで、
結婚記念日のプレゼントである椅子は呪われるはめになった。その結果、のちに死をもたらす
という嫌な付加価値もついた」

「え……、もともと呪いを持つ椅子と思っていたわけじゃなくて、かずみさんのせいで、ということですか？」

「そう。祖母も祖父も死んだ、呪いは連鎖する――松本陽介はそう言っていた。事実かどうかはともかくも、彼自身はその考えに骨の髄まで取り憑かれていたんだよ」

ヴィクトールの言い方に、杏は身を強張らせた。まるでその『考え』こそが、悪い霊みたいだ。

「だから手放したかった。ただし、いくら呪い持ちだとはいえ、祖父母が亡くなった直後に売り飛ばすのは外聞が悪い。そこらへんの常識はあった。で、ある程度時間を置いて……という感じだったんでは？　椅子を売る気のない松本香苗が生家を離れるまで待っていたという部分もあるかもね」

杏は瞬きもせずに、ヴィクトールの、人形みたいに精巧な顔を見つめた。

(この人は、すごく他人の言葉に耳を傾けている)

ちょっとしたニュアンスも拾って、その意味を探ってしまうくらいに。

でもそれって、とても疲れることじゃないだろうか？

疲れるから、人に関わるのが嫌なのか。

「繰り返すが、松本家を訪れた時点では浮気がどうこうという事情なんてわかるはずがない。松本陽介との対話で、椅子とピアノに関わる嫌な思い出があるんだろうなとだけ」

「はい」

「そう推測したのは、高田杏がピアノの音がすると言った時、松本陽介は怒りを隠し切れない様子で『なんの冗談なのか』と否定したからだ」

杏はうなずいた。確か、うちにはもうピアノがない、とも言っていた。だから杏は、ピアノの音も霊障の一部だと信じ込んでしまったのだ。

「その話をする前にも、俺が窓辺に立った時、そこに椅子を置いていたんだと彼は嫌みっぽく言っていたよね。それを聞いて、窓の位置から見える景色にもなにかあるんじゃないかと疑った」

勝手に窓を開け放ったのはそのためか。

するとピアノの音が響いてきた。外の景色をよくよくうかがえば、一軒だけ窓が開いている。音の発生地はあの家だ。なら、あそこの家となにか関係があるのかもしれない――可能性のひとつとしてヴィクトールはそう考え、山内家を訪れたということらしい。

「あ――じゃ、じゃあ！　猫じゃなくて、かずみさんの幽霊がダンテスカに取り憑いていたんですか!?」

ヴィクトールは眉間(みけん)に皺(しわ)を寄せた。

「逆だろ。現時点では、祖母のかずみに裏切られたと憤(いきどお)る夫の清志の怨霊(おんりょう)が取り憑いていた、と考えるほうが自然じゃない？」

「だったらなんであの日の帰り、ヴィクトールさんは私に猫の霊をやたら推してきたんですか！」

「人類が嫌いだからだ。猫が犯人だったというほうがいい」

「そんな理由!?」

この人は！

いや、待って。ヴィクトール曰く「人は日常的に嘘をつく」のだ。彼が、螺旋を描いているんじゃないかってくらい複雑な考え方をする人だとよくわかった。きっと別の理由がある！

「本当のことを言ってください。なぜ猫推しなんですか？ 他に理由があるんでしょう？」

語気荒くせがむと、渋々という様子で彼は答えた。

「高田杏が純粋だったからだよ。人間のどろどろした部分を見せるよりは猫のせいにしたほうがまだましかと思って」

「な、なんですかそれ。適当にごまかそうったってそうはいかないですよ」

「ごまかしていない。そばにいて、ここにいて、という幽霊の声が聞こえたと不安がっていたのは高田杏本人だ。なのに俺が、猫の霊の仕業だと試しに振ってみたら、それを素直に信じようとしたじゃないか」

「ダンテの怨念説よりまだ納得できたからです」

「どこが。どっちもどっちだろ」

「なんで!?」

「普通は、猫が人語をしゃべるのかと真っ先に疑うものでは？　その部分で猫説なんか却下するだろうに」

「――え」

「だが高田杏はそんなこと思いつきもしなかった。純粋じゃないか」

「……」

杏は唖然とした。顔に熱がたまってゆく。

（人語……）

言われてみればおっしゃる通り。ぐうの音も出ない。ダンテの怨念説を唱えるのと同じくらい恥ずかしい。時間差での指摘がなおさら、恥ずかしい。

が、なんだか引くに引けない心境になってきた。

「でもそれは、思念的なものが言語中枢に働きかけたのかもしれないじゃないですか！」

「へえ、思念。猫の思念が言語化されたのか」

冷静に繰り返されると、顔を覆って呻きたくなる。

「まあ、そもそも霊障……幽霊の存在自体が胡散臭いものだし。だが、より強い思念の残滓がなんらかの影響を人間や環境に及ぼすといった点については俺、否定しないよ」

だから本当に、冷静に言わないで！

「最近は柔軟(じゅうなん)な思考で受けとめることって大事だと思い始めているんだ。世の中には、常識ではかれない驚異的な出来事が山ほどあるしね」

「……他にも！　足首とか触られた感触があったし、頬も舐(な)められたような感触があったし」

「声の正体は他の霊だと思うけれど？」

「どうして！」

「猫の霊も同時に憑いていたんだろ。取り憑く霊が一体のみとは限らない。もしかしたら高田杏の肩には様々な霊が憑いているんじゃない？」

……それで彼は、猫の霊だけを推したのか。

今の杏は、たぶんヴィクトールよりも人類が嫌いという気持ちに傾いている。

「……もう他に、私に隠していることはありません？」

「あるに決まっているだろ」

ここが車内じゃなければ、杏は激情に駆られて足を踏み鳴らしたかもしれない。

「言ってください！　今のうちに、全部！」

ヴィクトールはなぜかそこで激しく動揺した。ちょっと怯えてもいるようだ。

過剰(かじょう)な反応に、杏はぽかんとする。この人の驚きポイントが全然わからない！

「それって、俺に一生君のそばにいろという意味？」

「な、なにを言っているんですか⁉　そんな話はしていません！」

「した。俺の頭にあるすべての思考を見せろという話じゃないか。でも、それを君に提示するのにいったい何年かかると思うんだ。一生かかるよ。だいたい思考というのは脳内に際限なく溢れてきて、なおかつ変化するものだ。こうして会話をする間にだって新たな思念が生まれ、考えが書き換えられてゆく。四六時中そばにいないと、伝え切れるわけがない」

そういう意味で言ったんじゃない！　……と全力で否定したいのに、どう説明していいのかわからない。

ヴィクトールの面倒臭くて凝(こ)り固(かた)まった感性の真髄(しんずい)をいやというほど見せつけられた気分だ。気難しいどころの話じゃない。

杏は気持ちを落ち着かせるために深く息を吐いた。話がずれている。今考えるべきことはポルターガイスト現象を発生させる原因——その霊の正体についてだ。

「……わかりました、今度からはキャットフードじゃなくて普通に花をお供えしようと思います」

そばにいて、ここにいて。私が見つめていることを忘れないで。……猫の霊の仕業じゃなかったにせよ、それらの声が杏の耳にとどいたのは事実。たとえ他の人たちに聞こえない声だとしても。その部分さえ幻か現実かを疑ってしまうと、なにも信じられなくなる。

(私が聞いたのは、よそみをするかずみさんへ向けられた、清志さんの怒りや執着の声だったってことなんだよね？)

しかし、この結論で本当にあっているのか。

「……疲れた。こういう汚れ切った面を持つから人類は嫌いなんだ」

ヴィクトールが憂鬱な表情でぼやく。

「人の情なんてあっという間に色褪せる。一生の愛を誓って結婚しても、ふとした拍子に冷めてよそに目移りする。いともたやすく愛する者を裏切るんだ」

夢も希望もなくなるような話を女子高生に聞かせないでほしい。

「あの家にダンテスカがあったなんて、すごい皮肉だと思わないか？　ダンテは政争に敗れて凄まじい怒りのエネルギーを抱えていた。それが『神曲』にも至るところに表現されている。『地獄篇』の最下層、第九圏・コキュトス。裏切り者たちへ処罰を与える地だ。背信行為を最も許しがたい罪だとダンテは捉えていたってわけ。まるで椅子が裏切りの在処を暴こうとしているみたいだろ」

滔々と言われて、杏は返答に詰まる。

ひびだらけの古い椅子に座っていたヴィクトールの姿が、急に思い出される。あの不吉な椅子から彼を引き剝がしたのは杏だ。後先の考えもなく起こしたその無責任な行動が、彼をこうまで疲労させてしまったんだろうか。

「高田杏。俺はもう動きたくない。代わりに運転して」

「それは無理です」

杏は、ずぶずぶとネガティブ思考の沼に落ちてゆくヴィクトールを励ました。

とりあえず、夏の光溢れるこの秘密まみれの第九圏から脱出だ。


その夜、杏はこんな夢を見た。

なぜかローマ帝国時代のような貫頭衣（かんとうい）を着用した松本陽介がダンテスカに座っている。彼は自分をダンテだと言い張り、ひたすら「裏切りだ！」と怒鳴っていた。杏がなにを言っても聞く耳を持とうとしない。

重苦しい夢のおかげで、目覚めはもちろん最悪だった。

しかしどんなに気持ちが乗らなくても時間は容赦（ようしゃ）なく流れる。

幽霊騒動はいったん脇に置くことにして、杏はテスト勉強にしばらく集中した。

そうして期末考査をなんとか無事に乗り切り、バイト再開の日。

杏はお供え物をキャットフードから白菊（しらぎく）に変えた。変な夢も見ませんようにと祈りながら。

——ところが、これでも霊障は完全には収束（しゅうそく）しなかったのだ。

9

どうやら幽霊は杏のみに照準を定めたらしい。工房側では格段にポルターガイスト現象の発生率が減ったのだとか。

杏が店番に入る「柘倉」側でも、一人にさえならなければ問題は起こらない。それに、いいニュースだってある。予想した通りビスケット・スツールのホワイトを購入した女性客がふたたび来店し、ブラウンを注文していったのだ。彼女の他、前にも見たかわいい女の子や外国人などがちらほらとやってきた。とくに女の子は、例のシンデレラ靴――店内の木棚に展示することにしたヴィクトール作の卵殻細工の靴――がお気に入りらしく、そっと履こうとしていた。

（わかるよー、それ、試したくなるよね！）

微笑ましい思いで眺めていたら、その子に気づかれてしまった。怒られると勘違いしたようで、慌てて店を出てゆく。見つめすぎたか。悪いことをしてしまったと杏は反省した。

このシンデレラ靴は非売品。ちょっとしたジョークで「シンデレラの落とし物！」と印刷したカードを添えている。我こそシンデレラと思う者は、履いてよし！

彼ら以外にも、萌黄色のショールを羽織ったいつかの婦人も来てくれて、彼女までシンデレラ靴を試そうとしていた。残念ながらその時の杏は接客中だったため、会話できなかったけれども。目が合うと、恥ずかしそうに婦人は笑っていた。

こんなふうに、仕事自体は充実していたわけだが――。

問題は、店で取る電話だ。

五分の一の確率で『行かないで、ここにいて』だ。

その電話だけでも悩ましいのに、もう一人――意地になったらしい松本香苗からも連絡が入る。もしかして陽介や香苗が怒りっぽくなっているのも霊障の影響を受けているせいなんじゃないだろうか。杏は密かにそう疑っている。

土曜日、午後二時を回った頃。

松本香苗から電話が入った。

冷静に対応しなきゃとわかっていたが、杏も霊障にテストにと心休まる暇がなく少し疲れていたのだ。進展をしつこく尋ねる彼女につい強く言い返してしまった。

「松本様、椅子を取り戻すことよりも、まずは陽介さんとよく話し合いをされたほうがいいと思います」

口にしたあとで、血の気が引いた。

(こんなことを言うつもりじゃなかったのに)

香苗は一瞬沈黙した。余計なお世話だと怒鳴られるかもしれない。そう身構えたが、意外にも彼女は慎重な口ぶりで「弟がなにか言ったんですか?」と聞き返してきた。

「失礼しました。ただ、陽介さんはおばあ様に対して複雑な感情を抱かれていたようですので、それで椅子やピアノを手放したくなったのかと思ったんです」

杏はしどろもどろになりながら答えた。なにを言っているんだと焦る気持ちと、もういい加減どうにかしたいという破れかぶれな気持ちが混在している状態だった。

「複雑な思い? どういう意味ですか」

「す、すみません、私の勘違いです。変な話をお聞かせしてしまって——」

「教えてください。なんの話ですか?」

さすがに浮気がどうのこうのという細かなところまでは伝えられない。杏は四苦八苦しながらもあれこれ言い訳を並べて彼女の質問をかわそうとした。香苗は香苗でいかに祖母と自分が親しかったかを説明し、情に訴えかけてくる。

そんな攻防を繰り返す間に入り口の扉のベルが鳴る。入ってきたのは黒に見えるほど濃い色のベストにパンツ、袖をまくったシャツという姿のヴィクトールで、こちらにまっすぐ近づくと、断りなく杏の手から子機を取り上げた。

電話の相手が変わったと気づいていない香苗が「陽介となにを話したか教えて」と催促したようだ。ヴィクトールはしばらくの間静かに彼女の話を聞いていたが、ついにやらかした。

「あぁ、あなたのおばあ様の浮気話についてですか」と、杏が必死に隠そうとしていた事実をあっさり口にしたのだ。

知っていた、こういう空気を読まない人だって。

杏は胸中で叫んだあと、ヴィクトールが持つ子機に耳を近づけた。

（どうしよう、香苗さんの反応が怖すぎる！）

「私どもにではなく、陽介さんに直接お尋ねしたほうがよろしいかと思います。もしも浮気調査をお望みでしたら、興信所への連絡をおすすめします」

とんでもない発言をしてさっさと通話を切ろうとするヴィクトールを、杏は視線で叱った。

彼は放っておくと、なにをしでかすかわからない！

黙り込んでいた香苗がふいに口を開き、

「――浮気？　祖母が？　ありえない」

低い声でそう言い切った。

罵倒を覚悟していたのに、彼女は笑っている。杏たちを責める雰囲気はないけれども、嫌な感じのする笑い方だった。

「違いますよ、逆です、逆！　浮気していたのは祖母じゃない！」

「え」

杏は思わず口を押さえた。ヴィクトールは表情を変えず、彼女の言葉に耳を傾けている。

「そんな嘘をついてなに考えているのよ、陽介ってば。祖父を庇っているつもり？ ……祖母は、祖父一筋ですよ。裏切り者は祖父のほうです。付き合いのあるお宅のおばあ様を口説いていたんですよ！」

そう口早に告げると、香苗は唐突に電話を切った。

杏は絶句した。ヴィクトールがゆっくりと子機を戻す様子をぼんやりと見つめる。

（浮気をしていたのは、祖父の清志さんのほう？）

どういうことだ。

どちらが本当の裏切り者？ 祖父の清志？ 祖母のかずみ？

「なあ、高田杏」

「はい」

硬い声で呼びかけられ、杏は、なにを言われるのかと身構えた。が。

「君ってまだ幻覚や幻聴がおさまっていないいんじゃない？」

──ヴィクトールさん、人類が嫌いだからって香苗さんとの電話のやりとりを完全に無視しないで。

そう突っ込みたくなったが、杏はおとなしく答えた。

「……霊障ですね。はい、そうです」

ヴィクトールはしばらく黙考すると、胡桃色の瞳をふいに杏のほうへ向けてきた。

「少し店を抜けよう」

思いつきのように言って杏の手を取り、彼は扉へと進む。

杏は慌てた。

「待ってください。お店の制服のままですし、レジの中にお金も入れっ放しです！」

が、ヴィクトールは聞こえない振りをして店を出る。

扉に鍵をかけながら、やっと杏のほうを向き「施錠はしたし、高田杏、うちの制服似合っているよ。他になにか問題ある？」と、当たり前の顔をして問いかけてくる。

「……いいえ」

言い負かされた。ならもう、自分にできるのは、せいぜいサインボードをクローズ側に引っくり返すことくらいじゃないだろうか。


ヴィクトールが向かったのは、ピアノ婦人のいる山内家だ。しかし前回も利用したコインパーキングに車をとめる予定が、あいにくの満車だった。

そこで別の駐車場を探すことになったのだが、なにせヴィクトールは方向音痴。

「あの、どんどんと山内家のある地区から離れていますけれど……」

「近場に駐車場が見つからないせいだ。俺のせいじゃない」

「でも、このあたりで駐車場を見つけたとしても、山内家まで歩いていくにはちょっと距離がありすぎます」

「黙っていてくれ、気が散る」

意地を張りながらもじわじわと死にそうな顔をし始めたヴィクトールに一息つかせるため、杏は途中で見かけた喫茶店に寄ることを提案した。

「俺はまだ探せる」

「……私、喉渇いちゃって。休ませてもらいたいなあ」

「高田杏がそう言うなら」

ヴィクトールは不承不承という様子だったが、結果としてこの「寄り道」は正解だった。車を喫茶店の駐車場にとめる時「ついでに店員にコインパーキングの場所も聞きましょうよ」という余計な一言を口にしてヴィクトールの機嫌を悪化させてしまったことは失敗だったが。

車からおりたがらない彼を引っぱり、杏は喫茶店の扉を開けた。

そこで、他の客の注目を集めるほどの声で言い争っていた陽介と昴を発見したのだ。

「あっ……！」

陽介は、入店した杏たちに気づくと、それこそ幽霊とでも遭遇したかのように顔を強張らせた。

（また彼の家の秘密を嗅ぎ回っていると誤解されたかな）

挨拶すべきか迷っていると、陽介は視線を伏せたまま席を立ち、そこに昴を置き去りにして慌ただしく店を出ていった。それも杏たちを避けるよう、わざわざ別のテーブル席を迂回してだ。

ヴィクトールは視線だけで陽介の動きを追った。冷静な眼差しだ。なにかをめまぐるしく考えているらしい。少しだけ彼の頭の中を覗いてみたい、と思った時、ヴィクトールが通路を進み、当たり前のように、陽介が座っていた席に腰をおろす。帰る素振りを見せていた昴が、逃げられないと悟ったのか溜息をつく。

杏も心の中で「すみません」と謝罪しつつヴィクトールの隣に腰かけた。杏たちが座っているのは窓際のソファ席で、座面は腰が沈むほどやわらかい。もっと硬いクッションのほうがいいな、と杏はぼんやり考えた。それに、明かりを絞っているこの店の雰囲気なら、寒色のソファじゃなくてもっとシックな感じの椅子のほうが合うのに。

近づいてきた店員にアイスティーを注文したのち、ヴィクトールは相手を黙らせるような微笑を見せた。

「お久しぶりです、昴さん」

彼は人類嫌いを公言するような変人だが、少なくとも自分の容姿の使い方を知っている。そういう優しげながらもどこか冷然とした感のある表情を向けられると、たぶん大抵の人は逆らう気力をなくすだろう。

昴もやはり怯んだように目を逸らす。

居心地の悪い沈黙が流れて落ち着かない気分になり、杏はテーブルの下でもぞもぞと靴の先をすり合わせた。

「仲直りできなかったのですか？」

唐突に、ヴィクトールが明るめの声で尋ねた。

「えっ」と昴が肩を揺らして顔を上げる。

「以前におばあ様が、あなたは陽介さんと喧嘩をされたというお話を聞かせてくださったでしょう」

「あ、ああ……あれか。違います……、いえ、そうですね。うまくいきませんでした。また喧嘩をしたんです」

昴は支離滅裂な返事をした。ごまかそうとしているのがわかる。

「その、すみませんが俺、このあと用事があって……」

あからさまに「帰りたい」という顔をしてヴィクトールをちらちらとうかがっている。

でもそこはヴィクトールだ。不意打ちで発揮される彼の押しの強さとその度胸には、たびたび驚かされる。

「浮気が原因で、喧嘩を？」

ヴィクトールが軽い調子で放った爆弾に、昴は大げさなほどの反応を見せた。ひゅっと息を呑み、青ざめる。

杏はもう色々とあきらめている。この人をとめようとしても無駄だ。好きにさせよう。それでなにかまずい状況になった時、フォローに回ればいいや……できるかはわからないけれど。

ヴィクトールは「誰」と「誰」の浮気なのか、はっきりと名を挙げていない。でも、人は後ろめたいことがあると勝手にその部分を想像で補ってくれる。そういうものだ。

「違う……、違いますよ。なにを聞いたのか知りませんが、うちの祖父と、陽介のところのかずみさんは浮気なんてしていない。どんなに疑われようとそれが真実です。あいつは誤解しているんです」

テーブルの上に置いた彼の手が小刻みに震えていた。ヴィクトールの視線もそこに向かっている。

「あなた方、ピアノ教室を探しているなんて話は嘘なんでしょう？　もしかして陽介にうちの様子を探るよう雇われた？　でもなんでいまさら……」

そこで杏たちが注文したアイスティーを店員が運んできたため、昴は黙り込んだ。

杏はなんとも言えない気持ちになる。だれもかれもが疑心暗鬼に駆られているみたいだ。陽介は実姉の香苗が杏たちに探るよう頼んだのではと疑っているし、この昴は陽介が探るよう頼んだと疑っている。

でも、どれも不正解だ。杏たちは単に、店で発生した霊障の原因を探るために動いている——もっと都合よく考えるなら、きっとヴィクトールは杏が精神的に参っていると判断して積極的に原因探しを始めようとした。杏が裸足で店に舞い戻ったことがそのきっかけとなったのだろう。

「いいえ、勘違いをされています。今日は、あなたにお会いしたくてご自宅にうかがうつもりだったんですよ」

にこやかに答えるヴィクトールのほうに意識を集中させながら、杏はアイスティーにストローを差し込んだ。

「ですがその前に、少しひと休みしようとこちらの喫茶店に足を運んだんです。そうしたら偶然にもあなたがいた」

杏はストローの先端を齧りながら、スマートに説明する彼をじとりと見つめた。

(拗ねて車からおりたがらなかったくせに……)

どうしても方向音痴を認めたくないのか。

「なぜ俺に会おうと……?」

いぶかしげに問う昴に、ヴィクトールはすらすらと答える。

「アフターケアのためです」

「待ってください、話が見えない。なんのアフターケアですか」

「椅子ですよ」

ヴィクトールは恋人と見つめ合う時のように軽く身を乗り出し、テーブルに両肘をついた。組み合わせた手の上に顎を乗せ、にっこりする。昴の姿を映す胡桃色の瞳に、甘い輝きが宿っている。そんなヴィクトールを見て放心する昴に、杏は一言告げたくなった。

（すみません、昴さんを惑わせようとしているわけじゃないんです。ただ、ヴィクトールさんは『椅子』っていう言葉を口にするだけでもときめきを感じちゃうんですよ……）

「私たちは『TSUKURA』という椅子店の人間です。店の存在はご存じですよね」

確信をこめたヴィクトールの問いかけに、昴の目がふっと揺れる。

「当店では商品のアフターケアサービスなどの案内を目的として、お客様の個人情報をいただく場合があります」

「それが、なんでしょうか」

「お客様が購入されたダンテスカというアンティークチェアは百年ほど前に製作された古いものですので、その後、不備はないか確認させていただきたかったのです。ところが、書類にご記入くださった連絡先はどうやら使われていないもののようで——」

ダンテスカ？

杏はストローから口を離し、ヴィクトールを凝視した。

今、この昴がダンテスカの購入者だと言った？

「住所も、お名前も架空のものですね」

「——わざわざ家を探したんですか？」

ヴィクトールをとらえる昴の瞳が、警戒の色に染まっている。全身に力が入っているのがわかる。杏も知らず身体を緊張させていた。そういえばヴィクトールは杏にサンダルを履かせてくれた日、「顧客名簿を出して」と言っていた。もしかしてその時ダンテスカの購入者を調べようとした？

「ところで。先ほどあなたは『陽介さんが祖母のかずみさんの浮気を疑っている』という弁明をされましたよね。その相手があなたのおじい様だと。あなたと陽介さんの仲に亀裂が入ったのはそれが原因ですか？」

ヴィクトールはいきなり話題を変えた。「えっ」と昴が目を瞠り、うろたえる。ヴィクトールは彼にごまかす隙を与えないよう、わざと脈絡を無視した話し方をしているのかもしれない。

「待ってください、だから浮気というのはあいつの誤解で——」

「興味深いお話があるんですよ。陽介さんの姉の香苗さんは、おじい様の清志さんのほうが浮気をしていたと疑っているんです」

昴がさらに動揺を見せた。テーブルの上に乗せられた手が固く握られている。

「違いますよ！　うちの祖母はそんなことしない」

さっきも感じたが、うまい誘導の仕方だと杏は思う。松本香苗は、祖父の浮気相手が誰であるかは明言していなかった。ヴィクトールも口にしていない、というよりそこまで詳しい情報を持っているわけがない。

けれども今、昴は会話の流れからあれこれと想像を働かせて「うちの祖母」とばらした。松本香苗がそう誤解していることをとうに知っていた、という後ろめたさが彼に言わせたのだ。

杏は密かに息を呑む。この話はいったいどこへ向かうのか。

「なるほど。陽介さんは自分の祖母であるかずみさんとあなたの祖父が惹かれ合っていると疑い、香苗さんは祖父の清志さんとあなたの祖母が惹かれ合っていると疑った。なんでそうも不可解な誤解が彼らの中で生まれてしまったんでしょうか」

ヴィクトールの質問に、昴は「俺が知っているわけがないでしょう！」と荒っぽく答える。

「ですが昴さん、火のないところに煙は立たないものだとは思いませんか」

「なぜ陽介たちがそんな邪推をして騒いでいるのか、俺のほうこそ教えてほしいくらいです」

「きっと小さな火種がどこかにあったはずですよ。たとえ誤解にせよ」

ヴィクトールは優しく囁く。引きこまれそうになるほど美しい眼差しだ。

「たとえば、ダンテスカ購入時にあなたが使った偽名が小山和己である、という点も一連の話に関係しているとか」

――かずみ？

「松本陽介さんの祖母と同じ名を偽名に？」

杏は黙っていられなくなり、つい疑問の声を上げてしまった。

はっとこちらを見つめる昴の顔からは、血の気が引いていた。

「そうだよ、変な話だろ？」

と、ヴィクトールも杏のほうを向く。

「……ううん、そこまで変でもないような？」

「へえ、なんでそう思う？」

「えっと『なぜ偽名を使ったのか』っていう問題は別にして——とっさに本名を隠したい、どうしよう、って焦った時、知り合いの家族の名前が頭に浮かぶこともあるんじゃないでしょうか。とくに不自然な発想じゃないですよね？」

「そうだね。でもさ、それだったら女性の『かずみ』より、男性の『清志』のほうを使わない？」

「あ……」

「かずみっていう名前は男女兼用で使える。けれど君が今言ったように『知り合いの家族』を思い出したと仮定するなら、その名は『女性』のものだと考えるよね。とっさの時こそ、そういう自然な判断に意識が流されるものじゃないか？」

……そうかもしれない。杏も、顧客名簿にあるダンテスカの購入者の名を見ても、「和己」と「かずみ」を結びつけようとはしなかった。無意識のところで、性別で判断していたのだ。

「そもそも『とっさ』であったかどうかという時点から疑問だけれど」

「どうしてですか？」

「君の脳は居眠り中なのか？　ダンテスカの元持ち主は松本陽介だよ。彼に知られず購入したいのなら、その家族の名は普通、最も避けるものだろ。もしもなにかあって購入者の名が知られた時、不審に思われないように」

「ああ！　そ、そうですね！」

ヴィクトールの視線が、青ざめている昴のほうへ戻る。

「前にご自宅の前でお話しさせていただいた時も、昴さんは、陽介さんのおばあ様を『かずみさん』ときちんと名前で呼ばれていましたね」

「え……」

「意外と珍しいことだなと思ったんです。赤の他人の話題であったならともかく、友人の祖母を名前で呼ぶというのは。それできっとあなたも今回の件に深く関わっているのだろうと。あとは、購入者の容貌をうちの職人に確認しました」

「な、なにが言いたいんですか」

「ただ椅子がほしいというだけなら、わざわざ偽名を使って買う必要などないですよね。友人である陽介さんとの仲が拗(こじ)れていたのだとしても、家族ぐるみで付き合いがあったんでしょう？　ご両親に口添えを頼めば、安く譲(ゆず)ってもらうことができたかもしれない。陽介さんは椅子を手放したがっていたのだし」

昴は弱々しく首を横に振った。それ以上言うのはやめてほしいと懇願するような表情だ。だがヴィクトールは追及の手をゆるめない。

「でもあなたはそうしなかった。誰にも言わずに、かずみさんの名でダンテスカを購入した。その名を使うことに意味があるとでもいうように」

「俺は――」

「もしかしたら小山という名字も、かずみさんの旧姓なのでは？」

ヴィクトールの指摘に、蒼白になっていた昴の頬に赤みが差した。図星のようだった。

「あなたにとってかずみさんはそれくらい特別な存在である、ということになりませんか」

ヴィクトールの説明を聞くうちに、杏は混乱してきた。

なんだか彼の話をまとめると、まるでこの昴が、陽介の祖母のかずみを――。

（ありえない）

いくらなんでも、そんな――好き、とか。

「やめてもらえませんか、気持ち悪い想像をするのは！」

昴が大声を上げた。再び客の注目を集めたことに気づき、焦った顔で黙り込む。そして、片手で目元を覆う。

杏たちは、彼が落ち着くまで待った。やがて昴は、顔を隠したまま低い声を発した。

「俺がまさか、あいつの祖母になにか――恋愛的な感情でも持っていたと思うんですか？」

「陽介さん……松本家を頻繁に気にしていなければ、椅子が売りに出されたこともわからなかったでしょう？　あなたはすぐに行動を起こしている」

「だからって……。常識で考えてください。あの人と、年齢差がどれくらいあると思っているんです？　よくそんな突拍子もないことを――」

「年齢で恋をするんですか？」

ヴィクトールは不思議そうに尋ねた。昴は、虚を突かれたように顔を上げた。

「なにが気持ち悪いのか、俺にはまったくわかりません。人が人に惹かれることに、どんな常識が必要なんですか」

「――」

「常識を超えるから、恋なのでは？」

昴がぐしゃりと顔を歪めた。

まさかという思いで、杏は彼を見た。だってそんな非常識なこと、ありえるだろうか。自分の祖母と同じくらい年の離れた女性に、恋を？――いや、こんなふうに否定することこそ非常識なんじゃないか。

「よ、陽介が……、もう俺に、近づくなって」

と、昴が力なく言った。一瞬彼が、杏と同年代の、繊細な少年のように見えた。もちろんそれは幻だ。目の前にいるこの泣きそうな表情を浮かべた青年の瞳には、大人の男の苦しみが隠されている。

「高校生の時の話です。陽介が俺に『うちに来るな』と言ったんだ」

「なぜ？」

ヴィクトールが先をうながすと、昴は一度強く目を瞑った。そしてゆっくりと瞼を開き、テーブルの上のアイスティーをぼんやりと見やる。

「かずみさんがうちの祖父だけじゃなく、俺にも興味を持ち始めたみたいだ、いい年して孫の友達にも色目を使うなんて心底気持ちが悪い、って吐き捨てたんです」

学校帰りに寄った公園でその話をされた、と昴が温度のない声で続けた。杏はふと、陽介の言葉を思い出した。確かに彼は、昴の祖父以外の男性にもかずみが目を向け始めたという話を口にしていたのだ。

「陽介の祖父までもが同じ疑いを持っていたことは知っていました。むしろ彼は、かずみさんとうちの祖父の仲は疑っていなかった。かずみさんが一方的に俺を見つめていると考えていたみたいです」

昴の視線はテーブルに固定されたまま動かない。

「彼は、すまないって俺に謝罪した。若い君を傷つけたくないって。自分の親以上の年齢差がある相手に妙な目で見つめられて、嫌な思いをしているだろう。本当に申し訳ない……何度もそう謝罪されました。かずみさんがまるで性犯罪者だとでもいうように」

その直接的な表現に、杏はどきっとした。自分もさっき「非常識」と批判的な考えを抱いてしまったからだ。

「そうじゃない。違うんだ、俺がただ……自分でもおかしいってわかっている。でも、正直に言えなかった。誰もが、おかしい、ありえないってきっと否定するに違いないから」

杏は息をとめた。彼は、本当に陽介の祖母のかずみを？

「好きですか？」

杏は無意識に尋ねていた。

それまで苦しげにしていた昴がふと表情を変える。

「はい、好きだ。俺が、好きだったんだ」

一瞬の瑞々（みずみず）しい微笑に、杏は目を奪われた。

「俺は、かずみさんとどうこうなりたかったわけじゃない。恋愛したいとかじゃなくて、あの人の優しい雰囲気に触れていたかったんです。それだけなんだ。だってかずみさんは俺を孫の友達としか思っていなかったんですから」

「……そうですか」

「ええ。それが当たり前だって、ちゃんとわかっている。でもあの人は、ピアノの練習で顔を合わせるたび俺をとても褒めた。あなたはいつもきちんとしていて素敵ね、眉毛（まゆげ）の形もいい、白目のところが澄んでいる。私の夫もそうなのよって」

「――えっ？　それって」

「かずみさんは俺を通して陽介の祖父を、自分の夫を好きでいただけだ。俺はそれが、とてもすごいことだと思った。何年も、何十年も寄り添っているのに、飽きもせずにずっと好きでいることが」

　昴の言葉のどこかに杏は既視感を抱いた。だがその正体を探り当てる前に彼が先を続ける。

「俺に謝ってきた陽介の祖父の目にはいつだって、迸るような嫉妬があった。普段は紳士的で生真面目な人なのに、こんなに年下の……当時高校生の俺にまでそんな激しい感情を持つくらい、かずみさんを好きでいたんです」

　昴はあきらめたように小さく笑う。

「彼は、自分の妻から俺を守るためだなんて嘘をついて、しょっちゅううちへ来るようになった。俺が万が一にもかずみさんを受け入れないよう、監視するためです。陽介の姉さんはたぶん、そのあたりの様子を見て誤解したんだ」

「あぁ、清志さんはあなたの祖母と逢い引きしているんだ、って？」

　尋ねたのはヴィクトールだ。

「はい。俺の祖母は誰に対しても友好的な態度を取るから、余計に誤解を生んだんです」

　昴は、絡み合う彼らの誤解を強く否定できずにいたのだ。世間から見れば非常識と判断されるだろう恋が胸にあったために。

「俺は、こんな自分が気味が悪くて。自分の祖母と同じ年齢の人に惹かれるなんて」

「繰り返しますが、なにが気味が悪いのか俺にはわかりません」

ヴィクトールは淡々と答える。

「本当は昴さんも、心の中では気味が悪いなんて思っていないでしょう。そうでなければ、かずみさんの名を使ってまで椅子を購入しない」

「――はい。今も惹かれる気持ちは変わらない」

昴は、静かに、はっきりと肯定した。

(本当に、恋だ。昴さんは恋をしている。し続けている)

杏は自分のことのように胸が苦しくなった。

もう永遠に叶わないのに、彼はその恋をあきらめていない。

「残念ですね。相手が人妻でなければ俺は応援しましたが。横恋慕はいけません」

きっとヴィクトールは大真面目に言ったんだろうが、昴は冗談だと思ったらしい。泣き笑いのような表情を浮かべている。

「もうこの世にはいない相手ですよ」

「亡くなられたからって、恋までもが死にますか？」

「いえ……、いいえ。死にません」

昴は首を左右に振った。

穏やかな情熱を瞳に隠した恋する男の顔を、杏はじっと見つめる。

(なんだかすごい)

星屑みたいにきらきらと輝くものを見たような気分になる。昴の秘められた叶わぬ恋も、清志の激しい嫉妬も、夫しか結局愛していないかずみの一途さも、すべて小さな光を放っているかのようだ。全員がひたむきに恋をしている。それぞれ別の方向を見ながらもその手に恋をきつく握り締めている。

(こういう非常識、好きだ!)

杏は胸が熱くなった。高揚するままに隣へ密かに視線を流す。

人類が嫌いなくせに恋の不滅と不変を認めているヴィクトールの横顔も、杏の目には、息がとまりそうになるほど美しく見えた。

「陽介たちに、この事実を伝えますか?」

覚悟を決めた顔を見せる昴に、ヴィクトールはあっさりと手を振る。

「いえ、私どもの興味は椅子にしか向いていません」

ちょっと待ってと杏は言いたい。私どもって。杏まで同類扱いしないでほしい。

「ですがあなた方は陽介に雇われているのでは……?」

「まさか。それこそ『誤解』ですよ」

ヴィクトールの否定の言葉に、昴が苦笑を見せる。

「俺が真実を隠していたせいで、陽介と香苗さんの仲も険悪になったんです」

「香苗さんは祖母のかずみさんに味方し、陽介さんは祖父の清志さん側に立ったわけですね」

「ええ。あなた方が来る前にここで陽介と話し合っていたのも、その……、俺が香苗さんになにか余計な話をしたんじゃないかと疑われたためでして」

「本格的に彼らは仲が悪いみたいですね」

ヴィクトールがどうでもよさそうな口調で答えた。

この人、だんだんと自分を取り繕えなくなってきているんじゃないだろうか？　目に見えてやる気が減っている。

（そろそろ『疲れた、もう人類としゃべりたくない』とか言い出しそうだ）

「ですが、彼ら姉弟の仲の悪さは、祖父母のことやあの椅子を発端としていないように思います。もっと別の原因があるんじゃないですか？」

その点については杏も同じ考えを持っている。彼らの間にはもっと根深いものがありそうだ。

「……陽介の祖父はアンティーク品を収集していたんです。そのコレクションを売りに出せば、かなりの金額になるみたいで。香苗さんの恋人が骨董好きらしく、それに目をつけてほしがったそうですが、陽介は拒絶したと聞きました」

「事情をよくご存じだ」

「家の前で陽介と香苗さんが派手に言い争ったんですよ。それがちょっと噂になったんです」

「へえ」

ヴィクトールが乾いた声を出す。

杏は、はらはらせずにいられなかった。話の内容におののいたのではなく「これ以上人類の欲深さに触れたくない」という厭世的な顔になりつつあるヴィクトールのせいで。

「どちらが家をもらうかという話でも揉めたとかで。まだ正式に不動産の名義を陽介に変更していないそうだから」

「あ、もういいです」

とうとうヴィクトールが昴の話を遮った。

「そのあたりの問題は、椅子にまったく関係ありませんのでけっこうです」

興味ない、という本音丸出しの言い方に、杏は青ざめた。昴のほうは笑っている。

「……不本意ではありましたが、あなた方に打ち明けて正直すっきりしました。俺は、少なくとも浮気疑惑についての誤解はとけるよう、陽介たちと話し合いをしていきたいと思います。ダンテスカをどうするかもその時に決めようかと。でも……俺のこの気持ちだけは」

この恋だけは生涯、誰の目からも欺き続けたい。

声にしなかった言葉が、聞こえた気がした。

昴とは、喫茶店の前で別れることにした。

彼はどこか憑き物が落ちたような顔をしながら立ち去りかけたが、なぜかすぐに早足で杏たちのほうへ戻ってきた。

「あの、俺も応援してますんで」

は？　と杏とヴィクトールは同時に首を傾げた。応援って、なんのことだ。

「そちらも国籍とか、年齢差とか色々問題があるでしょうけれど。うまくいくといいですね」

杏たちは、たぶん揃って間抜けな顔を晒していたに違いない。

「あ、まさか、実は奥さんがいるってわけじゃないですよね？」と昴がヴィクトールに余計な質問をする。ヴィクトールはぽかんとした状態で「いや、いませんけど」と答えた。

「一番の障害がないなら、きっと大丈夫ですよ。がんばってください」

彼は明るく励ますと、今度こそ去っていった。ヴィクトールと無言で彼の背中を見送る間に、杏は「そうだった、『設定』があったんだ！」と思い出し、羞恥に震えた。

（ヴィクトールさん、前に私たちが付き合っているって嘘をついたじゃない！）

そんな設定などすっかり忘れていたのだ。ヴィクトールなんか、いまだ気づいていない。彼は他人の言葉のニュアンスには敏感なくせに、自分の発言にはちっとも意識を向けていない！

「国籍……？　高田杏、彼はなにを言いたかったんだ？」

「さあ」

奇妙な表情を浮かべて振り向くヴィクトールから杏は目を逸らし、とぼけた。ヴィクトールの容姿は外国人そのものだ。なら、真剣な交際を望む場合、まず国籍の問題が頭に浮かぶだろう――という当たり前の考えはきっと、ヴィクトールの中には存在しないに違いない。そもそも山内家の前で話した設定自体忘れているんだし。自称『恋愛したくない派』だし！

「店に戻りましょう、ヴィクトールさん」

「ああ。……で、国籍って」

「もうそれはいいですから。それより、さっきのヴィクトールさんはとても恰好よかったです」

常識を超えるから恋。素敵な言葉だ。人類が嫌いなくせに、ヴィクトールは時々こうして懐が広くなる。

「なにが？」

意気込む杏とは違って、当のヴィクトールは素っ気ない。

「昴さんの恋を否定しなかったところです」

普通なら……、正気を疑うかもしれない。杏だって、まさかという思いが先に立つ。昴本人が認めたあとでさえも。

「だって彼らが誰と恋愛しようが、俺には関係のない話だろ。好きにすればいい」

……こういう人だった！　感動が台無しだ。

「ところで、国籍って」

「ヴィクトールさん、しつこい」

「高田杏って俺に辛辣すぎない？」

むっとするヴィクトールの手を引き、杏は車のほうへ進む。

私以上に、あなたに甘い人類はいない！

……という反論は心の中だけにとどめておく。

「帰る途中でお花を買いましょう。今度こそ、かずみさんたちの想いも昇華されますよね」

行かないで。ここにいて。私が見つめていることを忘れないで。何度も耳にした幻の声が脳裏に蘇る。杏が聞いたあれらの声は、互いに恋し続けるかずみと清志のものだったのではないだろうか。清志はかずみの不貞を疑っていたが、もしかしたらかずみのほうだって清志を疑っていたかもしれない。まさか自分の浮気を疑われているとは知らずに、なぜそんなに山内家を訪れるのかと。

互いに嫉妬して、恋し続けて。本当にすごいなあ、と杏は思う。

（そんな二人を、猫が心配そうに見ていたとか？）

やっぱりキャットフードも一緒にお供えしよう。

10

——その後、二人は店に戻った。時刻は四時を回る頃。

やけに物憂げな溜息をついたり瞳を潤ませたりするわけのわからない高田杏は店番に戻り、ヴィクトールは工房へ。彼はここ最近、他人と関わりすぎた。しばらくの休息が必要だった。閉店時間までたっぷりと、工房に置いている自分専用の椅子に座り続け、その後「柘倉」へ足を向ければ、客が来ないのをいいことに高田杏は、サンプルのロッキングチェアに座って居眠りをしていた。

「おまえ、仕事中に眠るってどういう神経だ？」

ヴィクトールは呆れながらぼやいた。起こそうとして思いとどまり、隣の椅子に腰かける。「柘倉」の職人は、だれもかれもが奇妙な体質の持ち主だ。これまで馬鹿らしい妄想の類いだと笑ってきた怪しげな霊感なるものを、全員が持っている。頑なに霊障などありえないと否定し続けてきたヴィクトールだが、これだけ工房や店で不気味な体験をすれば、さすがに目を背け続けるのは難しい。

　最近の高田杏は頻発（ひんぱつ）する心霊現象に振り回され、目の下にうっすらと隈（くま）を作っていた。以前から霊障の影響を受けていたという話だが、同じような体質の職人たちと接することにより不吉な相乗効果が発揮（はっき）されたらしい。

（この少女は変わっている）

　ヴィクトールは胸中で断言する。とにかく変人だと思う。なにがって、なにもかもがだ。

　高田杏はよく宇宙人でも見るような目をこちらに向けてくるが、一度自分の姿を顧（かえり）みるべきだ。

　安物のサンダルに敗れた屈辱（くつじょく）の象徴（しょうちょう）たる木の靴（くつ）を、彼女はわざわざ店に展示した。どこまでヴィクトールを死にたくさせるつもりなのか、別の意味で興味深い。

　いつか高田杏を言い包（くる）めて、彼女が履（は）く靴のすべてを買い替えてやろうと思っている。そして二度とサンダルは履かせない。あと、毎日ツイスト脚の髪型にすればいい。あれはいい。

（いや、職人全員、おかしい）

　島田雪路（しまだゆきじ）はヴィクトールに遠慮（えんりょ）がなさすぎるし、室井武史（むろいたけし）は毎日殺人を犯していそうな顔をしているくせに妙に可憐（かれん）な椅子を作る。小椋健司（おぐらけんじ）の製作する椅子は素晴らしいと思うが、私生活はまったく尊敬できない。いつ見ても、違う女を腕にくっつけて歩いている。色恋のなにがおもしろいというのか。そんな時間があるなら一脚でも多く椅子を作ればいいのに。飴（あめ）色に輝く椅子の美しさに、人類ごときがかなうものか。

――思考が奇妙な方向に行きかけている。ヴィクトールは隣の椅子で居眠りしている高田杏へ意識を集中させた。

彼女の頭蓋骨の幅は、先日材木屋に譲ってもらった若い白樺の幹とほぼ同一に見える。そう考えると、高田杏は全体の雰囲気が白樺に似ている。カバ材には魅力がある。木理は上品で美しい。そしてとくに硬く、重い。木肌が緻密なためだ。彼女にはそういう、密な頑固さが見受けられる。

（それにしても、よく眠る……）

前にも高田杏はこうして店の椅子に座り、誰かと話をしていた。ダンテスカを展示していた頃の話だ。

ヴィクトールは脚を組み直し、肘掛けに頬杖をつく。

問題は、その「誰か」である。なぜなら、誰かはわからない――要するにヴィクトールの目には誰も映っていなかったのだ。

端から見れば、高田杏は、誰も座っていないダンテスカに向かって一人で会話をしている危ない人間でしかなかった。ヴィクトールが店に入ったことにも気づいていなかったのだ。のちに思い出したのだが、入り口のベルは鳴っていなかった。

しかし、それだけでは彼女がヴィクトールの存在に気づかなかったことに対しての説明がつかない。なにか超常現象的な要因があったとしか思えなかった。

一人で会話をする高田杏を不気味に感じ、ヴィクトールは一度外に出て工房へ帰ろうとした。が、さすがに自分が雇用した少女をこのまま見捨てるのもどうかと思い直し、再び店に戻った。今度はベルが鳴った。高田杏は一人きりの会話をやめていたが、その代わり、なぜか床に寝転ぶような体勢でダンテスカの座面の裏側を覗いていたのだった。

——あの時、高田杏はいったい誰と会話をしていたのか。

はじめて松本家を訪れた時も、彼女は奇妙な行動を取っていた。ヴィクトールが少々春日通りの地理に疎かったため、彼女は車をおりて道を聞きにいった。そして、歩道にいるという「だれか」と会話をし始めた。

ヴィクトールがいくら「誰も見ていない、そんなやつはいない」と主張しても高田杏はまったく取り合おうとしなかった。ヴィクトールの言葉を信じようとしなかったのだ。

本当に「誰も」いなかった、彼女は一人で会話をしていたというのに。

あの地区に住んでいる人間に道を聞いたと高田杏は言っていた。実際彼女が教えてもらったという道を進むと、あっさり松本家に到着した。

もしかして死んだ松本家の祖父、清志が親切に案内してくれたんじゃないのか？　とヴィクトールは皮肉な考えを抱く。自分の家への案内なら説明にも慣れているだろうと。——まあ、ありえないだろうが。

ヴィクトールは漏れそうになる溜息を飲み込み、隣で眠る高田杏を見やった。

すると急に、彼女は目を覚ました。今の今までぐっすり眠っていたとは思えぬ自然な動きでヴィクトールを見つめ、にんまりと笑う。チェシャ猫のような笑い方に、寒気が走る。

「やあ。おまえに話しておきたいことがあるんだよ」

「俺に？」

「そうだよ。おまえは、よくないモノは見えるくせに、私には気づいてくれないいんだもの。だからこの娘の口を借りることにしたんだ」

高田杏が自分を指さして言う。

「この娘をあまり叱ってはいけないよ。眠りたくて眠っているんじゃないからね」

「……なにを言っている？」

問いかけながらも、ヴィクトールは既に気づいている。得体の知れない「なにか」が、高田杏の身に乗り移っているのだ。

「かわいいものじゃないか。娘はね、この揺り椅子を祖母の誕生日プレゼントに買いたいって、がんばっているんだよ」

高田杏は首を傾けると、両手で椅子の肘掛けを掴み、揺らした。

「しかし、この店の椅子はどれもこれも高いねえ。これなんか二十万近くするじゃないか。人間って、なんで椅子ひとつにこんな馬鹿げた値段をつけるかね？」

「——高い、という概念が君にあるのか？」

「失礼な男だね。私が何年、人間のそばで生きてきたと思うんだい？」

高田杏の返答に、ヴィクトールは笑みを返す。余裕を見せつけてはいるが、内心は違う。肉体を乗っ取られた本物の高田杏に向かって八つ当たり中だ。おまえの雇い主が奇妙な「なにか」と会話をさせられているというのに、なぜ起きないのか。早く目を覚ませ。

「金の価値なら、よーく知っているさ。二十万っていうのは、猫缶が山ほど買える額だろ？」

二十万程度で山ができるか。この店の屋根にもとどかない金額だ。

「あるいは、娘が、祖母を幸せにするために必要だと思い込んでいる金額さ。私から言わせりゃ、背中を撫でて寄り添うだけで十分だと思うがね。人間って、形あるものにこだわるねえ」

高田杏が、やれやれと言いたげに息を吐く。

それからまた、にんまり笑う。

「猫缶をごちそうさま。あとでお礼をしてあげるからね」

彼女はそう告げると、糸が切れたように再びぱたっと眠りについた。

「――高田杏、思念はどうやら言語化されるようだぞ」

というヴィクトールの世紀の大発見は、残念ながら彼女の耳には届かない。

――やってしまった。大失敗だ。

自分でもいつサンプルチェアに座ったのかまったく記憶にない。が、とにかく杏は仕事中に腰掛け、図々しく居眠りしてしまったのだ。しかも閉店時間まで。

目を覚ましたら、隣の椅子に優雅に足を組んで座るヴィクトールがいた。彼と目があった瞬間、杏は、驚きで心臓がとまるかと思った。

「やあ、いい夜だね高田杏。閉店時間だ」と、ヴィクトールは例の、優しげながらもどこか冷然とした微笑を浮かべて言った。

(お願いですから普通に怒ってください!)

杏は平謝りした。百パーセント、自分が悪い。

「眠るつもりはなかったんです、自分でも驚いているんです」

「いい椅子だろう、それ。眠りを誘うくらい」

「すみませんでした。本当にすみませんでした……」

ヴィクトールの笑顔を正視できない!

「アンティークチェアもいいけれど、新品も悪くないだろ」

もうやめてください、と杏は両手で顔を覆った。

「ダンテスカとどちらが、座り心地がいいと思う？」

ヴィクトールは肘掛けに頬杖をつき、朗らかに話し続ける。

どうすればこの、笑顔の責め苦から解放されるのか。杏は手をおろし、必死に考えた。

「……私、ぜひヴィクトールさんの椅子語りが聞きたいなあ」

これしかない、彼の意識を逸らすには！

「そ、そう？」

途端にヴィクトールが華やかな表情を浮かべる。杏は覚悟を決めた。こうなったら一時間でも二時間でも付き合うしかない。

「ダンテスカといえば、前にも話したX脚が特徴なんだけれど。このX脚の歴史はとても古いんだよ。古代エジプト、ツタンカーメンのいた時代まで遡る」

「えっ？　ツタンカーメン？」

杏はつい話の先が気になり、心持ちヴィクトールのほうに身を乗り出した。彼は、椅子の話ができて嬉しいらしく、頬を上気させてうなずいた。

「そんなに古いんですか？」

「そう。そんなに古い時代から椅子は存在したんだよ」

「へえ……」

杏は感心した。椅子って本当に、人間とともに進化してきたのか。

「そういえば椅子ってなんだか動物っぽい形をしていますよね。なんていうんでしょうか、たとえば馬に乗っている感じ？　あ、人間の身体も椅子に似ていませんか？　ほら、子どもの頃に冗談でやるようなエア椅子の形とかも――」

なんとなく思ったことを口にすると、ヴィクトールが、がたっと椅子を鳴らした。杏が驚いて仰け反る（のぞ）と同時に、強い力で手を握られる。偶然かそうじゃないのか、いわゆる恋人つなぎ状態だ。

（なに⁉）

ひっと喉の奥で叫ぶ杏に、ヴィクトールがあたりにきらめきを振りまくかのような情熱的な瞳で笑う。

「高田杏の感性ってやっぱりすごくいいと思うよ！　俺と合ってる！」

「えっ、あの、手、手を――」

「椅子とは権力の象徴だ。敵をねじ伏せ、屈服させた者が、王の座に腰かける。高田杏、王の座を手に入れた者が座る椅子って、どういうものだと思う？」

「ど、どういうって――それより、手が」

「高田杏自身がさっき言ったじゃないか！」

「え――さっき？」

「人間だよ」

彼は、大事な秘密を打ち明けるかのように顔を近づけ、力強く言った。

「王が最初に座る椅子。それは、服従させた人間だ。手足を地面につかせ、四つん這いにさせた敗者の背に座るんだよ。権力とは、そういうものだろう？」

杏は絶句した。人間の背に座る？　そんな——。

でも、言われてみれば椅子のパーツの名称って人間そのものじゃないだろうか。

脚、「背」もたれ、「肘」かけ。どれも人体のパーツを示している。

杏はぶるぶると勢いよく首を横に振った。仮にその説が正しいのだとしても、時代は変わる。今は誰もが気軽に座り、ひと休みをしたり、うたた寝したり、誰かを恋しく見つめたり……人の日常に、当たり前に存在するものになっている。

「……じゃあ、やっぱりヴィクトールさんは、人間が好きなんですね」

椅子が人の形を模倣（もほう）しているなら、それを愛するというのなら。ヴィクトールは、人そのものを愛しているのと同じではないだろうか。

「違う。変な誤解をしないでくれるかな」

ヴィクトールは警戒した表情を浮かべ、即座に否定した。

「さあ、そろそろ店を閉めるよ」

彼は杏の手を握ったまま、立ち上がる。杏もその動きに合わせて身を起こした。

「俺と椅子談義をしたいんだよね。いいよ、気がすむまで付き合ってあげる。場所を変えよう」

「いえ、それは」

「なにか軽く食べるか」

杏は口ごもった。なにこの、デートみたいな流れ。

「そうだ、高田杏。君の祖母ってもしかして、さくら、っていう名前じゃない？」

「えっ⁉　なんでわかったんですか！」

「高田杏ってわかりやすい」

「ヴィクトールさん、答えになっていないです！」

「早く着替えてきなよ。俺はその間日誌をチェックしているから」

手を離したヴィクトールがカウンターのほうへ行きかけたが、ふと振り向いた。

「あ、それから」

「……なんですか？　というか、なぜ私の祖母の名前を――」

「今後、君の靴を管理したい」

「はい⁉」

「俺が全部管理したい」

「……もう！　なんの話ですか‼」

本気でこの人がわからない！

杏はなぜか熱くなった頬を隠すため、勢いよく彼に背を向けてバックルームへ向かった。

――彼女は、ヴィクトールの言葉で頭がいっぱいだったから、その小さな声に気づいていない。

『離さない』

バックルームへ向かう彼女の足首を、床から突き出た小さな手がさする。続いてぬるりと、頭も半分飛び出す。

小学生くらいの少女だ。それは松本陽介の祖母でも祖父でもない。

離婚条件を巡っていがみ合う両親をとめようとし、邪魔だと突き飛ばされて運悪くテーブルに頭をぶつけ――意図せず殺されることになった少女の霊だ。

少女はかわいそうに、その死を狡賢い両親に隠蔽された。離婚したがっていた二人は、こんな時だけ意気投合し、互いの人生を守る道を選んだのだ。かくして少女は弔われることなく、山奥の、冷たい地面の中に埋められた。足の先まで冷えてしまうような寒い土の中だ。少女は、靴さえ履かせてもらえなかった……。

気がつけば、少女は親しくしてくれた男の子の背中に取り憑いていた。自分がいつ暗い土から抜け出したのか、まったく記憶にない。でもそんなことは、些細な問題だった。大好きな男の子とこれからずっと一緒にいられるのだ。

男の子からもう一緒に帰るのはやめようと言われた時は悲しかった。少女が山に埋められる少し前の話だ。今はこうして一緒にいられるから許してあげるけれど、本当に悲しかった。

『行かないで』

『ここにいて』

『私が見つめていることを忘れないで』

何度も何度もそう願ったおかげで、少女は男の子に取り憑けたのだろう。

でも男の子はまた少女を見捨てようとしている。少女を忘れてこの娘に好意を持ち、仲良くしようとしている。

許せないから、娘を暗い土の中に引きずり込んでやりたい。今までだって少女はずっとそうしてきた。大好きな男の子に近づく娘たちはみんな追い払ってきた。少女の努力で男の子はもっともっと怖がられるようになり、近づく娘もいなくなって安心していたのに……。

『離さない』

そうつぶやいて、娘の足首をぐっと引っぱろうとした時だ。

なにかが少女の手を力いっぱい引っ掻(か)いた。その痛みに、少女は慌てて手を引っ込める。

にゃあ、という鳴き声のしたほうに少女は目を向ける。黒と白のぶちがある猫がそこに座っており、呑気(のんき)に毛並みを舐(な)めて整えていた。けれどもその目はじっと少女を見据(みす)えている。

少女は恨(うら)めしい思いで猫を見つめ返した。

娘の足に触るたび、脅かすためにぺろりと頬を舐めるたび、この猫に邪魔をされる。これでは手出しができない。

それに、引っ掻かれた手がすごく痛い。少女は自分の身がじゅくじゅくと溶けていくのを感じて呻いた。あぁまた暗い土の中に落ちてゆく――。

猫は、床の下へ沈んでゆく少女からふいっと視線を逸らすと、バックルームの中へ消える娘にくっついていき、そして消えた。

彼女のためのティータイム

本日の「柘倉（つくら）」は、いつもより早い午後十六時に閉店した。

なぜかといえば、以前、町の美術館で合同展を開催したことがある家具工房「MUKUDORI」の職人たちが挨拶（あいさつ）に来たためだ。

その時のヴィクトールは客の訪れがないのをいいことに、カウンターの整理をしていた杏（あん）を捕まえて嬉々としながら椅子に関するネタをあれこれと披露（ひろう）していた。杏は内心、彼らの訪問を喜んだ。なにしろヴィクトールの椅子談義はすでに小一時間ほど続いている。

（もう無理……）

かつてギネスブックにも登録された「世界一長いベンチ」が日本の富山県にあるなんて知らなかったから、確かに「へええ！」と感心したけれども、これ以上は無理。

だって昼休憩（ひるきゅうけい）の時にも一時間くらいヴィクトールの椅子談義に付き合っている。ヴィクトールの話はおもしろいと思うが、一日に何時間も聞くのはちょっときつい。

「ようヴィクトール、あいかわらず人類嫌いが治らずにじめじめしているか？」

来店した彼らを杏が感謝の目で見つめていると、少し垂れた目元が色っぽい三十代半（なか）ばの男性が笑顔を作って、ぎょっとするような言葉をかけてきた。彼はかなりの長身で、スポーツ選手のように引き締まった身体をしている。

その彼もだが、他の職人も揃（そろ）いの紺色のエプロンをつけている。いかにも気分転換をするために仕事の途中で抜けてきました、というような飾り気のない恰好（かっこう）だ。

ヴィクトールもまた、白い半袖シャツの上に少々木屑や粉がついたエプロンをしている。今日は工房でひたすら木板にカンナ掛けをしていたという。杏のほうは、店で支給の制服を着用している。

「俺はじめじめなんてしていない……。帰れ」

ヴィクトールがどう見てもじめじめしている陰鬱な顔で失礼な返事をする。いや、先に男性のほうが失礼な発言をしてきたのだけれども。

「そんな邪険にするなって。俺とおまえの仲じゃないか。ほらほら、パイを買ってきてやったぞ。珈琲くらい出せよ」

「本当、帰れ……」

死にそうな声を出すヴィクトールを無視して、男性はフロアの奥側にある客用のカウンター席に座った。他の職人たちも苦笑しながら彼に倣ってカウンター席に落ち着く。

杏はカウンターの内側に入り、急いで皆の分の飲み物を用意する。といっても本格的なものではなくインスタントの珈琲や紅茶だ。

杏に続いて、ヴィクトールも気怠げな様子でカウンターの内側に入ってくる。

（ヴィクトールさんも長身だから、狭いカウンター内に来られるとちょっと邪魔だ……）

もしかすると本当に杏の邪魔をするつもりで入ってきたのかもしれない。手伝うでもなく横に並んで、カップと小皿を用意する杏をじっとりとした嫌そうな目で見ている。

おとなげない人だなあと杏は密かに微笑む。

カップは職人たちとヴィクトールの分を合わせて五つ。

「あ、その皿、こっちに貸して」

男性が、カウンターに置いたパイ用の小皿を自分のほうへ引き寄せた。杏が飲み物を準備するあいだに「MUKUDORI」の職人たちがいそいそとパイの箱を開け、小皿に載せ始める。

ちらっとうかがうと、箱にはたくさんのミニパイが入っていた。色合いからしてパンプキンやさつまいもなど、複数の味がありそうだった。

「しかしヴィクトール、女の子を雇ったのかよ。若いな！　ひょっとして高校生か？」

先ほどの男性がさっそくミニパイをつまみ、興味津々という目で杏を見る。

「はい。高田杏と言います。まだアンティーク家具に疎くて、オーナーにもずいぶん迷惑をかけているのですが、色々学んでがんばりたいと思っています」

杏が幾分緊張しながら彼の前にソーサーに載せたカップを置くと、なぜか大げさと言いたくなるくらいあからさまに愕然とされる。

「ええっ、どうしたんだよヴィクトール。椅子愛を拗らせまくった変人のおまえが雇ったとは思えないほどまともな子じゃないか!?　大丈夫、ヴィクトール？　熱でもある？」

「……どういう意味だ」

噴き出した職人たちを睨みながら、ヴィクトールは低い声で男性に言う。

杏は驚きの目で男性を見た。

すごい、ヴィクトールに対してここまでぽんぽんと好き放題言えるなんて。

「俺は変人でもないし、熱だってない。なんで高田杏の雇用にそれほど驚愕されなきゃいけないんだ」

ヴィクトールの不満に、男性が目を剝く。

「いや、だっておまえ、自分の過去の言動を振り返ってみろよ」

「振り返っても、なにも出てこない」

「出てくるっつの！　おまえさあ、バイトを雇うにしても、今までは若い女の子をあからさまに避けていたじゃないか。へたに恋愛感情を持たれて勘違いされたら困るとか言って。……くっそむかつく発言だったよな」

男性は一瞬凶悪な表情を浮かべたが、すぐに、ははは と快活に笑った。

「ま、ヴィクトールの場合は性格で台無しになっているから、まったく妬む気にはなれないけど」

「もう帰ってくれ」

ヴィクトールの訴えを無視して男性が楽しげに杏を見やる。

「杏ちゃん、どう？　この似非外国人」

「は、はい？」

「対人関係壊滅的ってくらいにひっどいだろ！　名前もすぐに覚えてくれなかっただろ？」

危ない、つい深々とうなずくところだった。

「ちなみに俺は、ひとつ信号を挟んだ先にある工房『MUKUDORI』のオーナーの星川仁。独身だし恋人募集中だから。俺はむしろ恋愛感情を向けられんの大歓迎なほうだから。あ、まさか……すでにヴィクトールの餌食になっていないよな？　おいこら、未成年に手を出すなよ変態が」

「帰れ。すぐに帰れ」

ヴィクトールが呻くように言う。だが星川は笑みを絶やさない。

「今日はさ、合同展第二弾をやらないかと誘いに来た……と見せかけて、ヴィクトールが餓死していないか確かめにきたんだ。こいつって、放っておいたら飲食を忘れていつまでも椅子にうっとりと頬擦りしてそうだろ」

「扉まで蹴り飛ばしてやるから、帰れ」

ヴィクトールはここまでほとんど帰れとしか言っていない気がする。めちゃくちゃな会話に、杏は笑っていいのか突っ込んでいいのか本気で悩んだ。

（で、でも喧嘩するほど仲がいい、という言葉もあるし……）

ヴィクトールの目から光が失われていることには気づかないふりをしておく。

他の職人たちは、二人のこうした会話のやりとりに慣れているのか、まったく気にした様子もなくおいしそうにミニパイを食べている。

このあと真面目に仕事の話を始めるのかもしれないが、親しい友人同士の集まりという雰囲気も感じる。この和気あいあいとしたお茶会に杏が参加する必要はないだろう。

（隣のフロアで片付けでもしていようかな）

それもすぐに終わるだろうから、今日は早く家に戻れそうだ。

そう考えて、「ではごゆっくり……」とカウンターから出ようとすると、威圧感に満ち満ちた険悪な顔つきのヴィクトールに道を阻まれた。彼の濁った目が「一人だけ逃げるなんて許さない」とあきらかに杏を責めている。

「あの……」

よけてほしい。が、そうは言えないこの淀んだ眼差し。

ヴィクトールは、固まる杏を威嚇でもするかのようにじっと見据えた。それから、自由気ままにミニパイを食べている職人たちを冷ややかに眺める。

さらに彼は「高田杏がわざわざカップや皿を用意したせいで、こいつらが居座るはめになったんだ」と言いたげに湯気の立つ珈琲を見回し、その後なぜか少しだけ変な顔をして、再び杏に視線を戻した。そして大きな溜息を落とすと、面倒臭そうに新しいカップをひとつ用意する。

珈琲を淹れたのち、杏のほうにそのソーサーをずらす。

ヴィクトールのこの行動を、杏だけではなく星川も固唾を飲んで見守っていたらしい。星川は得体の知れないものを見るような目をヴィクトールに向けている。

「嘘だろ、おまえら見たか？　おもてなし精神ゼロのヴィクトールが女子高生にわざわざ珈琲を用意してやったぞ！」

星川の言葉に職人たちも戦慄（せんりつ）の表情を浮かべ、ヴィクトールと杏を何度も交互に見た。どれだけヴィクトールは彼らにひとでなしと思われているのだろう？

「俺には一度も飲み物を淹れてくれたことがないってのに。ばかぁ」

星川が笑いをこらえる顔をして、拗（す）ねた声を出す。

「気持ち悪い言い方をするな。俺が用意しなくたって、おまえたちは食べ物なり飲み物なりと好き勝手に持ち込んでくつろぎ始めるじゃないか。うちの店を飲食スペースと勘違いしていないか？」

誰とも目を合わせず苦い表情で珈琲を飲むヴィクトールに、星川は「商売人ならもっとご近所付き合いを大事にしろっての」と至極もっともな発言をし、にやにやする。

「近所付き合いなんて煩（わずら）わしいし、俺の仕事でもない」

「なんてことを言いやがる。孤立しそうなおまえを心配してやってきた俺の優しさを、心からありがたがれっての」

「頼んでいない……」

「頼まれずとも来てやんのが優しさってやつだろうが！」

顔をしかめるヴィクトールを見て、星川が胸を張る。

（おぉ、ヴィクトールさんが言い負かされた）

杏は感心しながら彼ら二人を眺めた。やりこめられるヴィクトールが珍しかったせいで、つい余計な一言を漏らしてしまう。

「ヴィクトールさんって思わぬところで押しに弱いですよね……」

帰れと言いつつも、本気で星川たちを追い出そうとはしないし。

いや、押しに弱いというより、意外と包容力がある？　でもおおらかというのとは、なにかが違う気もする。

「やっぱり本当は、人類大好き、とか」

杏の独白後、場が一瞬しんっとなった。しまった、と失言に気づいて杏が青ざめると同時に星川がげらげらと笑い、カウンターを片手で叩く。杏はとても笑えなかった。隣に立つヴィクトールの反応が怖い。

「人類は大嫌いに決まっているだろ。……それより高田杏、思わぬところでって、なに？」

ヴィクトールがゆっくりとカップをソーサーに戻し、乾いた声で杏に尋ねる。

これは逆鱗に触れたかも。

「あっ、いえ、すみません。なんでもないです」

「なんでもないことはないよね。思わぬところでって、いったいどんなところなのか、具体的に説明しなよ」

「き、気にしないでください。ええと、そうだ！　あの、私、隣のフロアを片づけてきますね。じゃあ皆さん、どうぞごゆっくり……」

「客を放ってどこへ行くんだ。思わぬところでって、なに。早く言え」

杏は、助けを求めて星川たちに視線を向けた。だが星川はまだ笑っており、杏の助けになりそうにない。うろたえる杏を見かねたのか、男性職人の一人が「まあまあ。高田さんも悪い意味で言ったんじゃないでしょうし」とフォローし、微笑む。彼は星川よりも大柄(おおがら)で二の腕も逞(たくま)しいが、人のよさそうな穏やかな顔をしている。

「それに、人見知りの激しいヴィクトールさんにこれほど物怖じせず発言できるって、すごいことじゃないですか。彼女はバイト、長続きしそうですね」

「だよなあ、この店ってバイトが長続きしないよな」

星川がしつこく笑いながら男性職人の話に乗る。

すると他の職人たちも、次々と口を挟む。

「いや、でも想像するよりきつい仕事ですしね。すぐに辞めたくなる気持ちはわかりますよ」

「そうかあ？」

「重労働ではあるよな。木材、重いからなあ……。俺なんか去年、腰やって手術したわ」

「未(いま)だに俺は木取りのおっちゃんに小僧扱(こぞうあつか)いされて足元見られますし。この間も質の悪い二レを何食わぬ顔で寄越されて、もう……」

「真夏は地獄よな。木材を機械にかけるとさあ、汗まみれになんだろ。そうすると木材をカットした時に飛び散る粉が顔中にくっついて、気づけば『おまえ誰だよ』状態に白くなることがあるよな。白粉か！」

ぶふっと皆、笑う。

「機械と言えば、指切断の危機には何度か陥ってる」

「あるある。無心で木目を整えている時とか、爪まで削って流血沙汰な」

「肌荒れもすごいっすよね。皮膚の乾燥やばい。でもハンドクリームを塗るわけにはいかないしなあ」

「あー、そういえば前にさ、全員漆にやられて、ひどい目に遭ったよな。展示会用のカトラリー作った時。うちは普段漆製品をほとんど扱わないから、注意して使っているつもりでもうっかり液に触りすぎてさ。あの時は大変だった」

「顔にまでかぶれが広がって、家族に悲鳴上げられたわ、俺」

星川のつぶやきに全員、賛同するように手を上げた。

「思うんですけど……、手も、もう指紋ってなんだっけ、って感じじゃないですか。つうことは今の俺たちって、手袋をしなくても指紋が残んないんですよね」

「おいこら、その企み顔はやめろ。なんの犯罪を犯す気だ」

杏は、彼らの話に適当に相槌を打ちながらも顔を引きつらせた。

皆、楽しそうに笑っているが大丈夫なんだろうか、それ。

「でも、なんだろな。朝起きたら、生木の匂いを嗅ぎたくなる衝動に駆られるんだよなあ。やめらんないよな」

彼らはほうっと吐息を漏らし、どこか困ったような、照れ臭そうな表情を浮かべた。

ヴィクトールの椅子愛もすごいが、「MUKUDORI」の職人たちも木というものに深く魅了されているらしい。そんな木マニアな人々に、杏は密かに共感する。

(私も最近、道を歩いていると街路樹に触りたくなる衝動が……)

たとえばケヤキの樹皮などは、若木のうちはわりと滑らかだったりする。それがやがて鱗状に剝がれ落ちる。楓なんかは樹皮が薄いため、剝がれやすい。そういうことを教えてくれたのはヴィクトールだ。ひとつ新しいことを知れば、その分愛着のようなものが芽生える。

でも街路樹を撫で回す杏の姿は、事情を知らない人からするとただの不審者に映るだろう。

(気をつけよう……)

杏は自分の行いを省みてそう誓った。

その間も「MUKUDORI」の職人たちの雑談は続いている。

「――いや、待て。ヴィクトールのところで働くバイトの子たちが長続きしないのって、仕事のきつさが原因っていうのとはちょっと違わないか？　確か、初日に辞めると言い出した子もいたよな」

星川が我に返って、話を「なぜ『TSUKURA』に勤めるバイトはすぐに辞めてしまうのか」という流れに戻す。

「大半が一ヵ月以内に辞めているよな」と星川は急になにかを探るような目をする。

「……なあ、この店にも幽霊が出るっていう噂があるけれど、本当かよ」

全員、不自然に黙り込む。

杏もつい視線をカウンターに落とした。……が、星川の「この店にも」という言い方が妙に引っかかり、再び彼らに目を向ける。

「俺が聞いたのは、アンティークチェアに首つりのロープを引っかけた女が座っていたという噂なんだが」

なぜか声をひそめる星川を、皆で怖々と見つめる。

少しして、我も我もと職人たちが群がるように話し始めた。

「俺は、膝を抱えた裸の少女がスツールに座っていたっていう噂を聞きましたよ」

「いや、俺は椅子の脚にしがみつく女の話を」

「おい、それって俺たちの工房であった話じゃないか？　テーブルの下に隠れていた女の霊のことだろ」

「古い家具の修理を引き受けると、やっぱそういう不気味な心霊現象が起きますよね……」

うんうんと皆、血の気のない顔でうなずき合っている。

「えっ？『MUKUDORI』さんのほうでもポルターガイストが起きているんですか⁉」

杏は黙っていられず、カウンターから身を乗り出して星川に尋ねた。

「……話の内容がアレだから今まで聞けずにいたが、やっぱこの店もうちと同類だったか」

真顔で片手を差し出してきた星川を、まじまじと杏は見つめた。

（うちだけじゃなかった！　ポルターガイスト被害！）

喜んでいいのか同情すべきか迷いつつも杏は彼の手をしっかりと握り返した。今の会話のおかげで彼らに対する親近感が芽生えたのは間違いない。「MUKUDORI」の人々も仲間を見るような目を杏に向けてくる。

「杏ちゃん、困ったことが起きたら仁兄さんになんでも相談しな」

「ありがとうございます！　とても心強いです！」

「俺は頼りになる男だからな。まかせな！」

星川の男前な発言に感動していると、不機嫌な顔をしたヴィクトールに握手の邪魔をされた。

乱暴に星川の手を払っている。

「うちのお守りに気安く触れるな。除霊効果が落ちたらどうする」

「ヴィクトールさん、言い方」

「高田杏は清めの塩以上の効果を持っているんだぞ」

自慢げにそんな紹介をされても。

使えないバイトだとこき下ろされるよりはましだが、霊障に対してのお守り扱いには少々複雑な思いを抱いてしまう。しかし職人たちはヴィクトールのあやしい発言を笑いもせず、なにやらひどくまばゆげにこちらを見つめてきた。しかも切実な雰囲気も感じる。

（ひょっとして『MUKUDORI』の人たちにも、お守りとして求められてる？）

できれば普通に仕事のほうで評価されたい……。

「杏ちゃん、うちに転職しない？」

と、本気の口調で誘ってきたのは星川だ。

「しない」

杏が答えるより先に、ヴィクトールがむっとした顔で星川の誘いを撥ね除ける。

「なぜおまえたちのようなむさ苦しい集団の中に、高田杏を送らなければいけないんだ」

「おおっと、もしかして独占欲かぁ？」

からかう星川を見据えて、ヴィクトールが大真面目にうなずく。

「高田杏はお守り効果があるだけじゃなくて、俺と椅子の話で盛り上がってくれる貴重な人間だ」

えっ違う違う、と杏は突っ込みたくなったが、我慢する。決して盛り上がってはいない。

（そりゃ、椅子についての知識が増えるのは嬉しいけれど、長時間聞くのはつらい）

とはいえ、店の面子（メンツ）の中でもっとも彼の椅子談義に付き合っているのは杏だ。

「とにかく真面目に働くし、なかなかいい感性も持っている」

「おぉ」

淡々と主張するヴィクトールを見つめて、星川が素直に驚いた表情を浮かべる。

「独占欲を持ってなにが悪い。横に置いても鬱陶（うっとう）しく感じない人類は、そうそういないんだ」

杏は拳（こぶし）をきつく握り、赤面しないよう懸命に堪えた。

（ヴィクトールさん、お願いだから意味深に聞こえる発言を平然としないで！）

職人たちの、好奇心の光がちらつく物言いたげな視線がつらい。もしかしてヴィクトールとは親密な仲なのかと、彼らは誤解したに違いない。だがそうではないのだ。

こんな情熱的な台詞（セリフ）を次々とためらいなく吐き出しながらも、ヴィクトールは杏に対して恋愛感情を抱いてはいない。言葉通りの意味でしかない、というのがなんとも虚（むな）しい。

「ええと、その……オーナーに認めてもらえて、嬉しいです」

杏は愛想笑いを浮かべて、無難な感想を口にした。

「そうだろう、喜ぶといいよ」

満足げにうなずくヴィクトールとは別に、星川たちは同情するような眼差しを杏に向けてくる。この変人にいいように翻弄（ほんろう）されちゃって、という呆（あき）れも若干（じゃっかん）含まれている気がする。いたたまれない。

「そ、そうだ。さっきの話の続きってわけじゃないんですけれど」

場の微妙な空気を変えようとしたのか、職人の一人が軽く挙手した。唯一の女性職人だ。

彼女に目を向けた時、杏は少々くらりとした。きっとヴィクトールが連発した問題発言のせいで頭に血がのぼってしまったのだろう。そう思った。

「アンティークもですが、古い家具ってやっぱりなにか持っていますよね」

なにか持っている——つまり、霊障を発生させる要因となるもの。誰かの過去が家具に染み付いているのだ。

「家も同じだと思うんですよ。古民家のリノベとか、一時期流行ったじゃないですか」

「あー、ノスタルジックな雰囲気に憧れてわけもわからず古民家を買い、『思っていたのと違う』って後悔するパターンがどれほど多いか」

星川が頬を掻き、うんざりしたように言う。

そういうものなんだろうか。杏はヴィクトールを横目でうかがった。椅子の話じゃないためか、ヴィクトールはまったく興味のなさそうな表情で静かに珈琲を飲んでいる。

（……この人は、放っておくと人付き合いをないがしろにする）

別にさっき嬉しいことを言われたからってわけじゃないけれど！「MUKUDORI」の人たちとは合同展などで今後も関わっていくだろうから、交流を深めておいて損はないはずだ。

「そんなに古民家って、住むのが大変なんですか？」

尋ねる杏に、ヴィクトールがちらっと目を向ける。

「購入者の失敗談をよく聞くのは確かだ。改築費用も馬鹿にならないが、その後のメンテナンスも難しい。古い設備を生かしているならなおさらだな。修理の部品を手に入れるだけでも苦労するだろう。もちろんそのあたりは物件にもよるけれどね」

「あ、そうか。古い設備だと部品の製造が終わっている可能性もありますもんね」

「それを修理できる技術者の確保も問題だな。あとはやはり、古民家があるようなところは周囲に自然が多いよね。都会にもないわけじゃないが。となると……虫がよく出る。冬でも」

ひえ、と杏は口の中で小さく叫ぶ。杏自身も引っ越し組なので、それはよくわかる。前に住んでいた町よりこちらのほうが、断然虫の数が多い。そして都会の虫よりも一回り大きい。

「でもこういったデメリットを上回る魅力がある、と感じる人がいるから、リノベ物件が売りに出されるわけだけれど。本気で暮らす気なら、それなりの覚悟をすべきだよね」

そのヴィクトールの説明に、女性職人が深くうなずく。

「そうですね。いわく付きの物件なんていうのも出回っていますし」

「あぁ、妙に家賃の安いアパートを借りたら、実はそこで過去に首つり自殺があったとか、とんでもない幽霊物件だったとかな。古民家でもその類い(たぐい)の話はたまに聞くよな。家の中で奇妙なことが起きるって」

星川も同意した。

「はい。私の知り合いもこの間そういう話をしていたんですが――」

彼女が、少し恐ろしげな顔をして皆を見回す。杏も一瞬、動きをとめてしまった。皆、「お、怪談話か」と身構え、ごくりと喉を鳴らした。

急に店内のライトが薄暗くなったような気がして、背筋が寒くなる。

「私の知人が、とあるリノベ済みの古民家を格安で手に入れたんですよ」

「格安って時点でもう見えている地雷だろ」

星川のぼやきに、彼女は頰に手を当てて溜息をつく。

「ええ……。住み始めてしばらくすると、屋根の上から軋む音が頻繁に響くようになったんですって。階段が軋むような音も。ぱしって割れる音もしたそうです。一人暮らしなのに誰かがまるで天井を歩いているみたいだと、すごく気味悪がっていました」

星川が眉をひそめ、視線で話の先をうながした。他の職人たちも、話の続きが気になるような顔をして待っている。

（怪談話をすると、その手のものが近寄ってきやすいから、やめたほうがいいんじゃや）

杏は焦りに駆られ、ヴィクトールの反応をすばやくうかがった。しかしヴィクトールは気にした様子もなくミニパイをひとつつまみ、口の中に放り込んでいる。杏の視線に気づくと、「食べたいのか？」というようにミニパイをもうひとつつまみ上げた。そうじゃない。

「――で、日中、めまいや立ちくらみがする数も増えて、寝ている時に金縛りに襲われるようにもなったんですって。急に室内の空気がぞわっと寒くなったり。あんまりラップ音や奇妙な現象が頻発するから、さすがにこれはおかしいと思ってその古民家を取り扱っていた不動産屋に連絡したんです」

ほう、と皆が珈琲やパイを口に運びながら、恐ろしげに彼女を見やる。

「最初はごまかそうとしていたらしいんですが、何度もしつこく尋ねて、ようやくその不動産屋の担当者が口を割ったそうです。以前、そこの家で、殺人事件があったんですって」

全員、動きをとめた。

杏もやはり硬直した。殺人事件。強烈なのがきた。

「前の住人は画家だったそうで。本宅は別にあって、その古民家をアトリエとして使っていたんだとか。でも実際はそこって、不倫相手とすごすための家だったんですよ」

予想以上に泥沼な話だ。未成年の自分がこの話を聞いていいんだろうか。

それにしても……先ほどから、なんだか妙に店内の空気が冷えているような。

杏は無意識に、ヴィクトールのほうに寄った。平然としているヴィクトールを見ると、ほんの少し不安が薄まる。

「事件が起きたのは、ある強風の日でした。窓がバンバンって鳴るくらい、風がすごい日」

女性の話し方もまた、やけに気合いが入っていておどろおどろしい。

「画家と愛人の蜜月はそう長く続きませんでした。家を頻繁に空ける画家をいぶかしんだ奥さんに、不倫がバレそうになったんです。画家はそれですっかり動転し、自分の不実があきらかになる前に、愛人との関係を清算することに決めたそうです」

全員、うーんと低く唸った。なんていう狡い男だ。

「別れる別れないの話で愛人と揉めた末――画家は勢い余って彼女を刺殺したんです」

そこで女性が、自分の腹部になにかをぐっと不覚突き刺すような真似をした。

力のこもった演技に全員が顔を引きつらせた。つられるように皆、自分の腹部に手を当てている。例外なのはヴィクトールで、ミニパイがお気に召したのか、先ほどよりも目に生気を宿らせて一人せっせと食べている。

(この人は、もう!)

渋面を作る杏に気づいて、ヴィクトールが再び「食べる?」と誘うようにミニパイをひとつ持ち上げた。だから、そうじゃない。

なにか言いたくなったが、ふと見ると彼のカップが空になっている。杏はお小言をあきらめてふたたびお湯をわかした。他の職人たちも珈琲をおかわりするだろうと思い、多めに。

その間も女性の話は続いていた。

「画家は、罪を隠蔽しようと、彼女の遺体を庭に埋めたんです。それでしばらくは何事もなく普通に暮らしていました。でも、ある日、庭に迷い込んできた野良犬がその場所を掘り、とうとう彼女の遺体が発見されたんです」

さっきから背筋のぞくぞくがすごい。

杏は珈琲の準備をしながら、怖々と店内を見回した。気のせいだと思いたいが、やっぱり店内のライトが薄暗くなっていないだろうか。

ここらで中断させるべきだが、話は佳境に入っている。

（これだけの人数がいるし……大丈夫、かな）

今とめたら、空気の読めないやつだと思われそうだ。

「刺殺に使われた凶器はアイスピック状の刃物らしいですが、どんなに捜索しても見つからなかったんです。画家は容疑を否認し、決して凶器のありかを話そうとしませんでした」

「ひどい男だな。そりゃ愛人も化けて出るだろ」

星川がぶるっと身を震わせる。

「はい。――その事件以来、殺害された女性の幽霊が凶器を探して家の中を練り歩くようになったんですって……」

杏は、震える手で皆におかわりの珈琲を差し出した。女性だけはずっと話し続けていたこともあってか、珈琲が減っていない。

（星川さんの言う通り、大抵、格安物件ってなんらかの問題が隠されているよね……。殺人現場になった物件なんて怖すぎる）

自分も将来、一人暮らしをする時は、気をつけて物件を選ぼう。

「悲しい話ですよね。でも、きっと殺されたその女性は、画家憎しという気持ちで徘徊しているわけじゃないと思いますよ」

「そうかあ?」

「ええ。殺されたって、彼を愛していることには変わりない……。愛する人との思い出の場所から離れられないだけなんです」

女性は悩ましげに溜息をついた。

たとえ憎しみではなく愛ゆえの徘徊だとしても、怖いものは怖い。杏は深く息を吐き、鳥肌が立った腕をそっとさする。他の職人たちも同じような仕草をしていた。

「ところでくだんの凶器、どこにあると思います?」

ふいに女性はそれまでの切なげな表情を打ち消し、唇の両端をつり上げて笑った。妙にアルカイックなその笑みを見てしまった杏は、思い切り顔を引きつらせた。やはり他の職人たちも、杏と同じようにぎょっとしている。

「い、いや、そんなの、俺たちにわかるわけが……。あ、画家だったら、凶器はペインティングナイフとか?」

星川が視線をうろうろとさまよわせ、最後にヴィクトールのところでとめた。

「おいヴィクトール、おまえはなんだと思う?」

ミニパイをひたすら食べていたヴィクトールが手をとめ、きょとんと星川を見やる。

「なにが?」

「なにがって、凶器だよ」

「なんの?」

「こらっ。今の話を聞いていたか?」

「聞いていない」

堂々と悪びれず答えたヴィクトールに、全員が脱力する。そうだ、こういう人だった。

「わけがわからない。なんの話だっていうんだ、高田杏」

どうして私に振るんだろうか、と首をひねりつつも杏は丁寧に殺人事件の内容を説明した。

ラップ音、怪奇現象。画家と愛人。強風の日に起きた殺人事件。凶器は不明……。

「──それで星川さんが、ひょっとしたら凶器はペインティングナイフじゃないかって」

「馬鹿な。ペインティングナイフで人を殺せるものか。だいいち凶器はアイスピックのように細いものなんだろ? 形状が違う」

ヴィクトールから即座に一蹴され、杏は頬がほてった。

星川が「このやろう」と言いたげな顔で彼を見ている。

「そもそもその家で、怪奇現象なんて起きていない」

「えっ」

どういうこと。この人ってば、話の軸から否定してきた!

戸惑う職人たちを温度のない目で眺めると、ヴィクトールは仕方がないというように再び口を開いた。

「ラップ音の正体は単なる家鳴りじゃないか？」

「……家鳴り？」

「改築したばかりなら新しい木材がまだ落ち着いていない。気温の変化が激しい場所でも家鳴りは起きる。木材の内側と外側の乾燥の状態が異なるせいで伸縮が生じ、音が鳴るんだ」

「へえ……」

「木材は呼吸している。樹種によっても扱い方が変わってくる。楢や楓は水気を多く含むから、その分手間をかけて乾燥させる必要がある。その手間を怠ると家鳴り、つまり、歪みや割れが生じて音が鳴りやすくなる」

ヴィクトールが軽く腕を組み、杏のほうへと視線を流す。

「めまいや立ちくらみの原因も推測できる」

「えっ、なんですか？」

「低周波音だ」

首を傾げる杏に、ヴィクトールはゆっくりとした口調で説明を続ける。

「言葉の通り、周波数が低い音のことだよ。人間が聞き取れる音は、およそ二十ヘルツ以上。それ以下を超低周波音と呼ぶ。この超低周波音が不定愁訴を引き起こすことがある」

不定愁訴ってなんだろう。

そう考えたことが顔に出たらしく、杏が尋ねる前にヴィクトールが答えた。

「めまい、頭痛、立ちくらみ、悪寒。そういう症状が出るのに、基となる病気が特定できない状態を不定愁訴という」

「自律神経失調症みたいな感じでしょうか？」

「そうだね。場合によっては幻覚も引き起こす。不眠により、金縛りが起きることもあるよ」

金縛り。整然と説明され、杏はぽかんとした。

「健康被害の原因となる低周波音は、おそらく身の回りの機器だ。たとえば冷蔵庫のモーター、ボイラー、空調」

「本当に家庭にあるものなんですね……！」

「ああ。だから家を出れば落ち着くケースがある。人によっては自動車や電車もだめだが。

――古民家で暮らし始めて以降、空気の変化を感じ取ったり、めまいなどの症状が起き始めたりしたというなら、この低周波音もひとつの原因として疑えるだろ」

ヴィクトールは珈琲を飲み、喉を潤した。

「凶器についても、いくらでも考えられる」

「た、たとえば？」

杏が意気込みながら尋ねると、ヴィクトールは少し思案に沈む顔をした。

「君に聞いた話だけで推測するんだから、これが正解とは思わないでくれ」

という前置きのあと、ヴィクトールはあっさりと凶器を口にした。

「鉛筆」

「はい？」

杏は目を丸くした。他の職人たちも驚いている。

「だから、細くて尖ったもの。鉛筆だ」

「鉛筆⁉」

「画家なら当然、鉛筆の一本や二本持っているだろ」

「えっ……、え、でも」

杏たちの動揺をよそに、ヴィクトールはさくさくと話を進める。

「そして殺人が起きたのは、風の強い日、だったな」

「そ、そういう話、ですけれども」

「だったら、簡単に凶器を処分できるじゃないか」

「燃やしたってことですか？」

とっさに思いつくのはそれだった。燃やしてしまえば、すべて灰になる――。

「それよりももっと簡単な方法がある」

ヴィクトールは指先を口に近づけて、ふっとなにかを吹くような真似をした。

「鉛筆削りで細かくして、窓から飛ばしてしまえばいい」

はあああっ？　と全員が叫んだ。

「燃やしたら灰が残る」

「そっ……それはそうですけど、でも、灰は水に流してしまえばいいんじゃ？」

「鉛筆の芯は燃えにくいから証拠として残りかねない。どこかに捨てるにしたって、もしも拾われたらという不安もあるだろ。でも削って風に飛ばしてしまえば、絶対に見つからないじゃないか」

杏は無意識に身を引いた。そんな考えがすぐさま出てくるヴィクトールって。

おそらく全員がそう思っただろう。

しばらくの沈黙ののち、星川がばしっとカウンターを叩いて叫んだ。

「ヴィクトールって、かわいくねえ！」

「かわいいなんておまえに絶対思われたくない」

「そういうところがかわいくない！」

ヴィクトールは、つんと顔を背けた。絶句していた職人たちの目がぬるいものに変わる。

「杏ちゃん、こんなたちの悪い男のそばにいたらだめだ、よくない影響を受ける！　うちに転職しなさい！」

「させないって言っているだろ。しつこいな」

「おまえに言ってない！　うちの店は待遇もいいし、皆優しいし、給料面だって悪くないぞ」

「全員、むさ苦しい」

「どこがだ！　イケメンしかいねえよ！」

　ヴィクトールは正気を疑うような顔で星川を見たが、決して皆、醜男などではない。ヴィクトールが正統派の美男子なら、星川などはちょっと崩れた感のある野性的な色男というか。大人の女性にもてそうな雰囲気だ。

「だいたいおまえってやつは！　彼女が場を盛り上げようと一生懸命話をしているのに、ミニパイばかりに気を取られやがって」

「高田杏はそんなにおしゃべりじゃない」

「杏ちゃんのことじゃない！」

「じゃあ誰」

「この、彼女だっつうの！」

　ヴィクトールは唇の端を歪めた。

「だから、その彼女って、誰」

「は――」

　全員、呆気に取られた。

　杏も、なにを言っているのかわからず、ヴィクトールを凝視する。

「この場に高田杏以外の女はいないだろ。まさか星川仁って、実は女だったのか？」

「……ちょ、っと待て。いくらなんでもそりゃ、俺にも彼女にも失礼――」

皆の視線が、愛人殺人事件を聞かせてくれた彼女のほうに向く。

――向いたはずだった。

しかし、彼女は、どこにもいなかった。

消えていた、というより元からそこにいなかったかのように、カウンター席がひとつぽつりと空いている。

「彼女って、誰だ。なんて名前だ？　おまえの店の人間なのか？」

ヴィクトールの問いかけが、凍り付いた皆の前に落ちる。

「名前――」

星川は茫然(ぼうぜん)と繰り返した。見る見るうちに彼の顔が青ざめてゆく。

杏も自分の顔から血の気が引いていることがわかった。

そこの席に、彼女がいたはずだ。けれどもなにも思い出せない。どういう人だった？　髪は長かった？　短かった？　痩(や)せていた？　太っていた？　美人だった？　何歳くらいだった？

なにひとつ、わからない。

「それに、ずっと気になっていたんだが、高田杏はなぜカップを余分に用意したんだろうと。遅れてもう一人、職人が来るのかと思ったが、それもないようだし。自分用でもなかったし」

あ、と杏は口の中でつぶやいた。そういえばヴィクトールは、杏が皆の分のカップを用意している時、少しだけ変な顔をしていた。そのあとに彼は、杏のカップを用意してくれたのだ。

「画家が起こした殺人事件の話とやらをおまえたちに話して聞かせたのは、いったい誰なんだ？　俺は、なにも聞いていない」

そうだ、ヴィクトールは嘘をつかない。

本当に「彼女の話」を聞いていなかったのだ。だから星川が凶器について尋ねた時も彼は正直に「聞いていない」と答えた。ヴィクトールにしてみれば、杏たちの態度のほうこそ奇妙だったに違いない。突然黙り込んだと思ったら、ふいに相槌を打ったり、怯え始めたり……。彼女の声が聞こえていないのなら、杏たち全員が奇行に走ったように見えただろう。それで黙々とミニパイを食べることに集中していたとか――。

「なあ、誰がこの珈琲を飲むんだ？」

全員、言葉もなく、湯気の消えた珈琲カップを見つめる。

誰も手をつけた形跡のないカップを。

みし、ぴし、と天井から軋み音が聞こえたような気がした。

あとがき

糸森　環

こんにちは、糸森環と申します。ウィングス文庫様では初めましてとなります。

こうして出版の機会をいただけましたこと、大変光栄に思います。

この物語は、椅子愛を拗らせた変人と女子高生によるオカルト事件簿です。そこに色々な形の恋を絡めていこうという。

オカルトといってもふんわりまったり系ですので、怖い内容ではない（はず）と思います。

椅子と言いますか、木製品が好きです。家具屋を回るのも好きです。昔、簡単な木彫りや棚の類いを作ったことがあるのですが、そのたび自分の不器用さを思い知りました。木彫りなど、動物の形に削ったはずが、なにをどうやってもモアイ像しか生み出せませんでした。いつかリベンジしたいです。しかし、果たして不器用とは改善されるものなのでしょうか……。

そんな感じで、椅子職人の話を書こうと思い立ち、この内容が生まれました。ですがなぜかアンティークチェアの話になってしまっているような気もします。

現代ベースということで、本文に登場するアンティークチェア等基本的には実在するものなのですが、物語に合わせて都合良く創作を加えているところが多々ありますのでご注意ください。

こちらの続篇を現在、小説ウィングス様で書かせていただいていますので、よろしければ！

謝辞を。

担当者様には大変お世話になりました。貴重なご縁をいただけましてとても嬉しく思います。アドバイス等、本当に丁寧(ていねい)にいただけて感謝しております。今後ともどうぞよろしくお願いいたします！

冬臣(ふゆおみ)様。とても素敵なイラストをありがとうございます。登場人物に魅力と表情を与えてくださり、喜びつつときめきつつ拝見しました。カラーの雰囲気も好きです！

編集部の皆様やデザイナーさん、校正さん、営業さん、本を置いてくださる書店さん。本書出版にあたりお力添えくださった方々に心よりお礼申し上げます。家族や知人にも感謝を。

この本をお手に取ってくださった読者様、少しでも楽しんでいただけましたらこれに勝るものはありません。

またお会いできますように。

参考文献
「神曲　地獄篇」ダンテ著・平川祐弘翻訳　河出書房新社　二〇〇八年

W I N G S ・ N O V E L

【初出一覧】
欺けるダンテスカの恋：小説Wings '18年春号（No.99）、'18年夏号（No.100）
彼女のためのティータイム：書き下ろし

この本を読んでのご意見、ご感想などをお寄せください。
糸森 環先生・冬臣先生へのはげましのおたよりもお待ちしております。
〒113-0024　東京都文京区西片2-19-18　新書館
[ご意見・ご感想] 小説Wings編集部「椅子職人ヴィクトール＆杏の怪奇録①　欺けるダンテスカの恋」係
[はげましのおたより] 小説Wings編集部気付○○先生

椅子職人ヴィクトール＆杏の怪奇録①
欺けるダンテスカの恋

著者：**糸森 環** ©Tamaki ITOMORI
初版発行：2019年4月25日発行

発行所：株式会社 新書館
[編集] 〒113-0024　東京都文京区西片2-19-18　電話 03-3811-2631
[営業] 〒174-0043　東京都板橋区坂下1-22-14　電話 03-5970-3840
[URL] https://www.shinshokan.co.jp/

印刷・製本：加藤文明社

ISBN978-4-403-54212-1 Printed in Japan

S H I N S H O K A N